Die Schmunzel-Manufaktur eines Wiener Originals

präsentiert von

Wiener Unterwelt- Poet

Strich- Philosoph

Cadillac-Freddy

Freddy Charles Rabak

Cover-Bild: © Freddy Charles Rabak

Lektorat: Mag. Ruth Rabak

© Urheberrechte bei Freddy Charles Rabak & Mag. Ruth Rabak

Herstellung und Verlag: BoD-Books on Demand,Norderstedt

ISBN: 9783753443171

INHALT

Werde mal ein Kassiber...

...statt ein Vorwort schreiben, das ja in fast jedem Buch als "nicht sexuelle" Stimulation zu finden ist. Schon am Beginn eines Büchleins oder Buches soll ein kleines, vielleicht noch schwach loderndes Interesse nach einem kurzen Blick auf die ersten Seiten sich zu einem rasant im Gehirn ausufernden Flächenbrand in Form eines unlöschbaren Verlangens nach mehr Lese-Stoff entfachen.

Liebe unbescholtene Leserinnen und Leser! Sie werden sich vielleicht fragen, was die aus dem Jiddischen stammende Vokabel "Kassiber" bedeutet? Als ehemaliger Ganove ("Ganef"- ebenfalls aus dem Jiddischen) verrate ich es euch: "kessaw" steht für geheime Briefe, Zettel, bzw. Nachrichten.

In Wiener Häfen, also Gefängnissen, nennt man ganz persönliche und nicht immer freundliche Briefe zwischen Insassen und Komplizen mundartlich nicht Kassiber, sondern verwandelte sie zum "Gsiberl". Auch weniger oder mehr gebildete antisemitische Kriminelle gebrauchen dieses Wort, wie auch viele andere jüdische Vokabeln, die noch heute in der aussterbenden Wiener Gaunersprache Verwendung finden.

Sehen Sie dieses "Kassiber" an Sie, liebe Leser*innen, nicht als Geheimbotschaft, sondern als ein "etwas anderes" Vorwort für ein "ganz anderes" Buch von einem auch "anderen" Autor: Einem Unterwelt-Poet, den man auch "Strichphilosoph" oder "Cadillac-Freddy" nannte.

Ich war eben ein lasterhafter Mann, der Zeit seines Lebens dem lockenden, für mich hypnotisch wirkenden Rotlicht kaum widerstehen konnte. Abschrecken konnte mich höchstens der Blick in die Mündung einer 357er Magnum, Handschellen und rotierendes Blaulicht, das sich zum Takt von Sirenen nervig im Kreis drehte.

Ich bin ein Autor, (und ein Tor) der knapp vor seinem ersten Besuch mit Kollegen aus Stade in einem Bordell (gleich neben dem Hamburger Kult-Lokal "Ritze") um 21h noch felsenfest davon überzeugt und kopfschüttelnd ein "Ich werde nie fürs Ficken zahlen" in seinen nicht vorhandenen Bart murmelte. Es wurde 21:05 und meine deutschen Hawara und Kollegen hatten bereits mit geil aussehenden Huren den Lift nach oben, ins sexuelle Himmelreich, bestiegen. So handelte ich wie ein Politiker mit mir einen Kompromiss aus, der lautete "Einmal ist keinmal" und landete mit einem Mädchen in ihrem Verkaufsraum. Danach "bediente" ich mich noch viermal am reichhaltigen "Buffet" im Kontakthof, weil mein gegen den Hosenstall pochender, strammer Fred nicht ruhen wollte.

Was Sie in diesem Buch erwartet? Teils morbide Gedanken (sonst wäre ich kein Wiener), Phantasien eines Alp-Träumers, natürlich ziehe ich auch die Märchen der heiligen Schriften durch den Kakao, den es damals noch nicht gab und ich verrate ein Geheimnis über meine junge, aber schwerkranke Frau Ruth. Noch etwas, das in meinem Alter keine Rolle mehr spielen sollte: Dass ich mich als Versager und als Arschloch sehe und fühle.

Mein siebentes Buch soll sich aber, wie auch das "sexte", "Mutti, der Mann mit dem Schmäh ist da", von der Tetralogie über die Wiener Unterwelt ein wenig unterscheiden.

Langsam beende ich das bald nicht mehr dem heutigen Zeitgeist entsprechende Kassiber. Heute hat doch schon fast jeder "Haflinger" (Häftling), der etwas auf sich und seinen Ruf hält, ein Smartphone. Schmucklose Blechnäpfe, aus denen zu "schwerem, verschärftem Kerker", oft zusätzlich mit Fasttag, hartem Lager oder Dunkelhaft bestrafte Verurteilte den vorgesetzten "Schlick" fraßen, werden schon lange nicht mehr produziert. Übrigens: Die unbequemen Strohsäcke von damals haben als "Matratzen" in Stockbetten schon längst ausgedient. Besonders in den fast schon luxuriös ausgestatteten Liebeszellen könnten die als Liebestöter störend wirken.

PS: Falls Sie, liebe Leserin und lieber Leser, noch nie aus einem "eingedepschten Blechnapf gefressen" haben: Der Schriftsteller und ehemalige Häfenbruder Hans Fallada† hat mit dem Roman "Wer einmal aus dem Blechnapf fraß" dem Fressnapf ein literarisches Denkmal gesetzt. Ich las es "standesgemäß" im Knast, während ich aus einem Blechnapf eine eingebrannte Suppe löffelte und dazu eine Scheibe trockenes, hartes, schon einige Tage altes Brot in der Salzsuppe "verweichlichte".

Da fällt mir zu Liebeszellen ein "Gschichterl" ein:

Der "Berliner", der lässig durch Charlottenburg schlendert (samt Foto-Beweis), ist der verurteilte Polizisten-Killer Yassin A. (51). Obwohl er nach dem Absitzen seiner Haftstrafe eigentlich in seine Heimat, den Libanon, abgeschoben werden sollte, kann er jetzt frei und unbescholten durch die deutsche Hauptstadt spazieren. Grund: Er hatte in der JVA Tegel vier Kinder gezeugt! (Quelle: BILD.de vom 7.4. 2021)

Das Ergebnis der fruchtbaren Sex-Akrobatik: Yassin kassiert Dank des heute praktizierten Strafvollzugs Kindergeld und eventuell auch Hartz IV. Vielleicht ist der Herr Knast-Papa nun sogar Vereinsmitglied bei A.C.A.B - "All cops are bastards"? Ich gratuliere Yassin jedenfalls schon im Voraus zu den nächsten, hoffentlich in Freiheit produzierten "Gschroppen" (Kindern).

*

In diesem Buch erwarten Sie, liebe Leserinnen und Leser, satirisch-sarkastisch- ironisch geschriebene Gedanken und teils schräge Phantasien eines ehemaligen Langschläfers, Installateurs Ministrant Artist, Strizzi, Spieler, Kellner, Bordellbesitzer, Gefängnisausbrecher, Dealer, Ganoven, Mini-Revoluzzer,Träumer und nunmehrigen "Strichphilosophen, Unterweltpoeten oder einfach Cadillac-Freddy", der schon als kleiner Bub ein unpolitischer Querdenker und leicht cholerisch veranlagter Querulant war. Schon lange bevor es die heutigen "Querdenker" und deren Phrasen und Parolen gab. Natürlich darf eine kleine Prise Unterwelt als Buchstaben-Gewürz nicht fehlen. Wie auch die Storys, in denen sich Freddy rückblickend als Versager, sogar als "Oarschloch" sieht.

Her mit Beichtmüttern!

Es geht ausdrücklich nur um den katholischen Halleluja -Verein. Die Evangelischen haben bekanntlich Pastorinnen und sogar weibliche Bischöfe. Aber als streng gläubiger Atheist sehe ich durch eine ironisch-sarkastische Lupe im reichsten Männer-Gebetsverein der Welt einiges anders, das mich sogar noch einmal davon überzeugen könnte, meine Sünden ohne Buße und Reue zu beichten. Für einen Ablass oder eine Indulgenz, den historischen „Gnadenakt", fehlt mir das nötige Bündel Geld, das ich lieber in einem Puff, Laufhaus oder in einer Bar bedürftigen Huren spende...

Frauen in der ehemaligen "Männerdomäne" Kirchenchor und sogar Ministrantinnen sind bei sogenannten Gottesdiensten nach fast zweitausend Jahren schon gestattet, obwohl vielen männlichen Rockträgern die traditionellen Buben im Rock lieber wären. Besonders, wenn sie auch, ist noch nicht sehr lange her, im Chor mit einer glockenhellen, sopranisierten Stimme (also enthodisiert) Frauen ersetzten.

Aber Mädels, die Messen lesen, Sterbende mit Öl einreiben und auch Beichten von Sündern annehmen und im Namen eines "Gottes" vergeben, sind kein Thema im Club der alten Herren.

Wäre doch mal was anderes, wenn jungfräuliche Priesterinnen, frisch aus dem Seminar an die Kirchen geliefert, mir und anderen Männern die oft unheilige Beichte abnehmen würden. Ich hätte fast nur Unkeusches und Sündiges in ein zartes Damenöhrchen zu flüstern.

Zum Beispiel, dass ich mein ganzes Leben lang nur aus reiner Lust und nicht, um Nachwuchs zu züchten, fickte. In einsamen Stunden echt geile und richtig versaute Pornos angesehen habe und mir dabei einen runtergeholt habe. Manchmal verlangte mein Trieb (oder gar der Teufel höchstpersönlich?) Zugaben!

Ich würde einer jungen (wäre Voraussetzung!) Dame im Beichtstuhl auch gestehen, dass ich insgeheim so manche Frau von Bekannten (Freunde gibts kane und beim Sex war ich mir der Nächste) heiß begehrt habe. Besonders in lauen Sommernächten wurde mir beim Schnackseln oft so heiß, dass ich sogar meine Socken dabei ausziehen musste.

Ob bei der Erwähnung folgender Todsünde mein inzwischen nicht vor Schreck steif gewordener Sündenpfahl zwischen den Gogerln (Eiern) verkrümmeln würde? Doch man soll auch einer künftigen Beichtmutter die vielen kleinen Morde an noch Ungeborenen nicht verschweigen.

Ich Massenmörder habe sehr viele künftige Kinder in offene Mund-"Höllen" oder in dichten Präservativen versenkt. Besonders leiden mussten meine verspritzten Spermien, wenn sie im "Tschuri-Fetzen", Waschlappen oder in billigen Servietten elendiglich vertrockneten und ihnen damit ihr Leben versaut wurde.

Übrigens würde ich im Fall der heiligen Fälle das erste Mal kniend masturbieren, wenn das ziemlich erregte Pfaffenweib mir die angeblich selig machende Absolution erteilt und mit sinnlicher Stimme meine Buße aufzählt. Aber vielleicht würde sie mir einen Rabatt zugestehen.

Ohne folgende Wünsche jedoch bringen mich nicht einmal 10 heilige Security-Engeln in den Beichtstuhl:

Frau Pfarrer sollte schon grell geschminkt sein, einen eng anliegenden Minirock, High Heels und Strapse tragen. Dann wäre ich sogar bereit, den bereits vollen und deswegen viertelstündlich entleerten Klingelbeutel zu füttern und mein Beutel wäre bis zum letzten Lusttropfen leer...

So nebenbei sei Historisches erwähnt:

Prostituierte, wahre "Lust-Expertinnen", wurden schon sehr lange vor unserer Zeitrechnung respektvoll Hetären genannt. Seufzend füge ich hinzu: Dieser Beruf, bzw. diese Berufung, war in der Antike noch sehr ehrenhaft und ein von Zeus und zahlreichen Göttern gesegneter Job. Auch der Blow-Job.

Damals sei das weibliche Priestertum durchaus legal gewesen. Ihre "Dienste" waren mit der Tempelprostitution als Darstellung der Fruchtbarkeit der Erde verbunden. Die von Zeus ernannte göttliche Ministerin in Sachen Sex war die als Skulptur noch immer sehr geil aussehende Aphrodite. Natürlich ohne Silikon in den von männlichen Bildhauern gestylten Marmorbrüsten. Sie wurde angebetet und ihr Ressort waren Schönheit und sinnliche Begierde.

Heutige "Religioten" würden die Göttin nie akzeptieren! Aphrodite ist (Götter sterben bekanntlich nicht, deshalb ist sie noch immer) mit Hephaistos, dem Gott des Feuers und der Schmiedekunst, verheiratet. Sie betrügt ihn allerdings mit Sterblichen und auch Unsterblichen. Also Kollegen ihres Mannes.

Vielleicht war auch ich schon mit einer Gesandten von ihr in einem Zimmer des ehemaligen "Nobel-Stundenhotels" Orient am Tiefen Graben? Ihr Mann scheint wegen diesem "Seitenhüpfer" jedenfalls nicht eifersüchtig und nachtragend zu sein oder er schmiedete gerade etwas. Scheinbar keinen Racheplan...

Da ich aber sichtbare Gottesbeweise will, bete ich lieber Aphrodites römische Zwillingsschwester an. Die Venus. Natürlich nicht die kleine, ziemlich fette Venus von Milo. Jeden Abend blinzelt sie mich kokett und vielleicht sogar schmachtend vom nächtlichen Himmel an.

Da ist noch eine eigentlich kaum erwähnenswerte, biblische Märchengestalt. Ein scheinbar dauerwichsender Mann, dessen Name sogar jedem bibelfesten Leser irgendwie geläufig ist: Onan (nicht zu verwechseln mit der Filmgestalt Conan, den Arnold Schwarzenegger verkörperte), den ich besonders im Knast fast jede Nacht notgedrungen keuchend anbetete.

11

Onan war einer der fünf Söhne vom alten Juda, der aus biblischen Gründen lieber seinen Samen auf die Erde fallen, eintrocknen und verderben ließ anstatt ihn seiner Frau Tamar zu spenden. Sie war nämlich bis zur Hochzeit mit Onan die Witwe seines Bruders. Er wichste unter den damaligen Umständen vielleicht lieber? Ob Tamar einen kräftigen Damenbart hatte und insgesamt so etwas wie hässlich war, steht nicht im Alten Testament. Oder war sie einfach frigide? Jedenfalls erzürnte Onans Verhalten Jhwh so sehr, dass er ihn mit dem Tod bestrafte. Wenn man das alte und neue Testament durchliest, war Jhwh, also Gott, ein skrupelloser Massenmörder. Er rottete ja auch schon viele Millionen Jahre vorher die Saurier aus.

Ich habe Jhwh zu meinem Glück noch nicht erzürnt und lebe noch...

PS: Wenn eine(r) meiner LeserInnen mehr über Onan oder gar Jhwh wissen will, bitte den allwissenden Dr. Google fragen und die damals äußerst komplizierte Beziehung von Gott zu den relativ wenigen Menschen, alle ohne Schulabschluss, nachlesen. Wie die Geschichte der Frau Lot, die sich auf der Flucht aus Sodom trotz göttlichen Umdreh -Verbots nach einem Wutausbruch Gottes, der gerade die Sündenpfuhle Sodom und Gomorrha fast orgiastisch in Schutt und Asche legte, umsah und strafweise zur Salzsäule erstarrte.

Immer diese neugierigen Weiber! Eine tolerante Göttin wie Aphrodite wäre da sicher forsch eingeschritten. Da man aber trotz vielerlei Suche und Grabungen noch immer keine Ahnung hat, wo die beiden Städte lagen: Wie hätte Aphrodite sie ohne Navi oder Google-Maps finden sollen?

So, genug Geschichten aus mehr als 1000 und einer Nacht erzählt.

PPS: Geschäftsidee für Jung-Prostituierte, die nach dem "Master-Titel" streben: Ein Beichtstuhl in einer strengen Sado - Maso- Kammer ist fast schon ein Muss!

Das wäre nicht einmal Sigmund Freud eingefallen...

Neulich las ich auf einer Internetseite folgende pädagogisch wertvollen Verhaltensregel-Tipps einer Erziehungs-Expertin:

Eine Pädagogin rät: Eltern sollen Babys vor dem Wickeln um Erlaubnis fragen. Das ist kein April-Scherz einer Satire-Seite, sondern wurde auch in einigen Qualitätsmedien wie in der "BRIGITTE" verschlagzeilt.

Eltern, die ihre Babys wickeln, sollten sich dafür zuvor die Erlaubnis von ihrem Nachwuchs erbitten, findet die vor diesem Ausspruch kaum beachtete, aber plötzlich Schlagzeilen produzierende "Erziehungsexpertin" & "Sexologin" Deanne Carson. Ob sie als pädagogisch ausgebildete "Sexpertin" in einer "strengen Kammer" auch unartige Männer zu braven Sklaven erzieht und sie sarkastisch fragt, ob sie ihren nackten Arsch ordentlich versohlt haben wollen?

Egal, war nur eine der vielen dummen Fragen, die ich mir oft selbst stelle. Kehren wir wieder zurück zu dieser "Expertin" und ihrem scheinbar "klugen" Rat, mit dem sie es in manche Schlagzeile und vielleicht auch Talk-Shows schaffte.

Wer also sein Kind ohne dessen Einwilligung (sie muss nicht schriftlich dokumentiert sein und ist auch ohne notarielle Beglaubigung gültig) den Arsch reinigt, schade dessen Entwicklung!

Mangels eines windeltragenden Babys (mein einziges "Baby" trägt schon Jahrzehnte keine Windeln) frage ich mich, ob man vielleicht auch Kartoffeln fragen sollte, ob sie mit einer Schälung einverstanden sind? Vielen Gemüsesorten kann es unter Umständen nicht besonders genehm sein, geschnitten, gekocht und, oh Graus, sogar gegessen zu werden.

Vielleicht sollte man auch bei anderen "Produkten" wie "Knast-Tieren" fragen, ob sie etwas gegen die bevorstehende Schlachtung einzuwenden haben? Auch Jäger hätten bei Jagden ein gutes Gewissen, wenn sie sich vor dem Abschuss bei der Beute erkundigen würden, ob ihnen ein gut gezielter Schuss etwas ausmache. Sie könnten ja dem Tier versprechen, dass sie ausgezeichnete Schützen wären, das Sterben nicht besonders schmerzt und sie höchstens einen kurzen Pieckser spüren würden. Dafür würde ihr Fleisch viele Gaumen entzücken und das Geweih einen schönen Platz auf einer Wand im Wohnzimmer bekommen.

Ich weiß, da gäbe es viele Beispiele. So könnten Scharia-Gerichte Frauen fragen, ob sie bereit wären, eine gar nicht sehr brutale Steinigung hinter sich zu bringen. Auch am Hals aufhängen oder Peitschenhiebe zu "empfangen" wäre nachzufragen. Mit einem "Ja, ich will" wäre alles in bester Ordnung und der selige Mohammed im Paradies wäre sehr erfreut. Besonders, wenn einige Jungfrauen für schon länger wartende Märtyrer dabei wären.

Wäre auch ein schöner Zug, wenn cholerische und wütende Männer, auch im Suff, ihre Frauen fragen würden „Darf ich Dir ein blaues Auge, das Abbild eines blühenden, schönen Veilchens, ins zauberhafte Gesicht zaubern? Hick." Sollte das nicht reichen, kann der soziopathisch veranlagte und nüchtern sehr nette Kerl auch fragen, ob er seiner ansonsten geliebten Maus als Zugabe und Zeichen seiner Liebe ein paar Rippchen brechen darf. Vielleicht sollten es nicht unbedingt mehrere Rippen sein und manche Frauen würden auch Angst um ihr Jochbein haben, aber wie sagt man nicht nur in Wien: "Durchs Reden kommen die Leute zusammen" und man kann vielleicht einen Kompromiss finden und sich auf ein wenig Würgen einigen. Natürlich ohne das Zungenbein zu brechen...

Damit ich es nicht vergesse: Da las ich noch etwas, das mich auch etwas verwirrte. Es war die anscheinend sehr tiefsinnige Botschaft einer englischen Autorin an die Welt. Eine Mahnung oder sogar

Warnung, die ich als stolzer "Penis-Besitzer" nicht so richtig zuordnen kann.

Naja, manche UserInnen auf Facebook schreiben nach ein paar hochprozentigen Schluckerln auch mal einen Blödsinn. Ich persönlich praktiziere nach einem Glas Whisky etwas, das auch katholische Schweigeorden teilweise praktizieren und schweige auf FB. Man sollte auch die Zungen im Zaum halten und nicht galoppieren lassen. Über das mehr oder weniger innige Verhältnis der ABC-Feministin zu harten Drinks ist mir nichts bekannt. Mir genügen die an chronischem Durst leidenden Personen aus meinem FB-Freundes- und Bekanntenkreis.

Bei solchen sensationellen Botschaften lasse ich als Chef-Chefredakteur (es gibt ja auch zweifache Doktoren) von "Radio Blödsinn" Trommelwirbel erklingen, der imaginäre Vorhang öffnet sich langsam und es folgt die deutlich geschriebene Botschaft, die man hoffentlich in China, den USA, Dubai und vielen anderen Ländern der Welt vernehmen wird:

Die der großen, weiten Welt ziemlich unbekannte Autorin Leslie Kern meint "Hochhäuser sind frauenfeindlich". Sie nennt Hochhäuser "aufrecht stehende Gebäude, die in den Himmel ejakulieren. Sie seien Symbole für Penisse, Stadtarchitektur diskriminiere Frauen und die Folge sei mehr häusliche Gewalt". Quelle: gleich mehrere Zeitungen

Manche Leser*innen werden nun vielleicht denken, die Dame sei verrückt. Aber sie sieht nach meiner nicht gerade inspirierenden Betrachtung ihres Fotos nicht danach aus und mein in der Hose verstecktes "Hochhaus" hatte keine Lust, sich protestierend zu erheben.

PS: Vor ein paar Tagen machte ich mich mit einem guten Vorsatz (und mit einer nicht ganz frischen FFP2-Maske getarnt) auf den Weg in ein Blumengeschäft, um meiner Frau frische Blumen zu kaufen. Ich fragte die schönen, roten Rosen in der Auslage, ob ich sie nach Hause mitnehmen dürfe. Dort warte eine entzückte Frau, eine schöne Vase, ein sonniges Platzerl und frisches Wasser auf sie. Die Blumen hüllten sich in beharrliches Schweigen. Sie drehten sich weder weg noch mir zu. Nach mehreren erfolglosen Versuchen in allen Tonarten- ich sang sogar "Willst Du mit mir gehen"- war auch der Letzte vergeblich. Schließlich gab ich nach, weil ich doch der Klügere bin und keineswegs, weil die Blumenverkäuferin hastig nach einem Telefon griff und mit einem vielsagenden, aber scheuen Seitenblick auf mich und mit zitternden Fingern eine Notruf-Nummer wählte...

In memoriam Bassena- Tratsch

Früher, in meiner Jugend, gab es auf den Fluren alter Häuser einen allgemein zugänglichen Kaltwasser-Wasserhahn in einer fast kunstvollen Form aus Gußeisen eingebettet, wo Hausfrauen (Hausmänner waren damals eine Rarität, der Macho-Kategorie "Unmännliches" zugehörig) mit einer Wasserkanne (meine Oma benützte so ein ca. 5 Liter fassendes Gefäß) sich mehr oder weniger zufällig trafen. Während der Behälter gefüllt wurde, tratschten die Frauen über Neuigkeiten, Nachbarn, Ehemänner und natürlich über die "Trampeln oder Schlampen" im Haus oder in der näheren Umgebung. Manchmal auch über die stets steigenden Preise beim Greißler.

Klosett-Tratsch gab es eigentlich keinen, obwohl die "Gemein-schaftshäuseln" damals auch am Gang lagen und für die Bewohner von zwei, drei Wohnungen gedacht waren. Aber es lag auf dem dringenden und eiligen Weg doch immer etwas Stress in der noch halbwegs reinen Luft. Besonders, wenn gleichzeitig zwei Personen mit dem Kloschlüssel in der nervösen Hand zu dem rettenden Loch einer Klomuschel eilten und keiner der beiden in Not befindlichen aus Höflichkeit bereit war, dem anderen den Vortritt zu gönnen.

Manche, denen schon der "Tschick" fast aus der Unterhose ragte und die vor dem besetzten Klosett standen, übten sich stöhnend in der Disziplin, von einem Fuß auf den anderen zu treten.

In Quarantäne-Zeiten von Covid 19-222 (?) suchen sehr viele Menschen soziale Kontakte und besonders den Klatsch und Tratsch. Wie zwei überreife Frauen, die in einer Art Reihenhaus wohnen und sich einen gemeinsamen, durch ein Geländer abgetrennten Balkon teilen.

Sie hatten sich lange Zeit nicht besonders "lieb", aber die Isolation und ihre nicht gerade geselligen Männer machten es möglich: Sie treffen sich jeden Abend (vor der TV-Prime-Time) am Balkon, halten brav den nötigen Abstand ein und erzählen sich oft stundenlang all das, was anderen Leuten nicht besonders wichtig erscheinen würde. Wie der Klatsch über gewisse Nachbarn, die ihren Garten einfach verwildern lassen. Dauerthema ist der dubiose alte Mann, der eine junge Frau hat. Tratsch-Themen, die sich jeden Klatsch-Abend aufwärmen lassen. Sie bereden wahre Tragödien, über die weder ein Seneca, Voltaire noch die wahrlich blutrünstige Agatha Christie berichteten. Auch ein leider schon verstorbener Louis Germain David de Funès de Galarza, einfacher geschrieben: Louis de Funès, verfilmte keine Szenen über den berühmtesten Balkon eines kleinen österreichischen Städtchens. Dabei erinnert mich dieser Balkon irgendwie an den berühmten in Verona, wo einst Romeo und Julia tratschten.

Aber vielleicht unterhalten sich die Frauen auch nur über die wöchentlichen Sonderangebote im Supermarkt? In einem Schlusswort sei noch kurz und ohne Wehmut gesagt: Der Bassena-Tratsch ist tot, es lebe der Balkon-Tratsch!

Wem die Stunde schlägt...

lautet ein Roman von Ernest Hemingway, dem am 2. Juli 1961 die Stunde schlug.

Auch für Babys schlägt die Stunde, wenn sie aus der Büchse der Frau (nicht aus der von der Pandora) schlüpfen.

Wer ein vielleicht gar nicht putziges Neujahrsbaby will, sollte dies vorzugsweise am zweiten Wochenende im April erledigen. Dazu raten Statistiker. Nur die Uhrzeit variiert scheinbar und ist auch in keinem Beipackzettel diverser Viagra- oder Verhütungs-Pillen und Präservative angegeben. Schließlich kann es sich um wenige treffsichere Minuten, sogar Sekunden, handeln, um mit dem süßen Bangert, Pardon, natürlich Babylein, für Zeitungen abgebildet zu werden.

Warum werden Neujahrsbabys eigentlich so bevorzugt behandelt? Sie bekommen Geschenke, Kliniken, Gynäkologen, Hebammen und Redakteure freuen sich narrisch, auch wenn so manche Geburt um Stunden, Minuten und besonders Sekunden hinausgezögert oder vorangetrieben wurde.

Das Glück, ein "Baby-Star" zu sein, hatten sehr viele Neo-Europäer, die nach eigenen Angaben an einem 1.1. geboren wurden, nicht. Niemand beschenkte und feierte sie. Auffallend: Die wenigsten gaben bei der Gründung einer neuen Identität an, am 7.7.77, 8.8.88 oder 9.9.99 etc.geboren worden zu sein. Dabei sind diese Zahlen sogar für Analphabeten leicht zu merken.

Gut und schön. Aber warum werden eigentlich Neujahrstote von den Medien ignoriert und nicht einmal von den Angehörigen bejubelt? Nicht einmal Bestattungsunternehmen sind derzeit stolz auf den allerersten Kunden, der um Punkt 12 Uhr, mit einem Glas Sekt in der Hand, plötzlich verstorben ist. Vielleicht sogar am gefürchteten "Wiener Würschteltod"? Der kann sogar beim Verzehr

19

der berühmten "Sacher-Würschteln" eintreten und von etwas morbid veranlagten Wiener*innen sogar als "Henkersmahlzeit" ohne lästigen Schluckauf eingestuft werden.

Man könnte doch, in aller Bescheidenheit mit einem Glas Sekt und einem semi-traurigen "Hurra, Hurra, der Sensenmann war da", dem Toten am Grab ein Ständchen bringen, wenn seine, ich glaube es heißt Seele, vom Himmel runterschaut. Es heißt auch in einem alten, eigentlich sehr alten Lied, auf dessen langen Bart ich nicht steigen will: "Wir kommen alle, alle in den Himmel".

Selbstverständlich dürfen nur die Braven rein. Aber man benötigt keinen Impfpass! Bekanntlich waren und sind doch alle Verstorbenen brav. Zumindest entsteht dieser Eindruck, wenn man die Parten liest oder den Nachrufen von engagierten Trauerrednern Glauben schenkt.

Man stelle sich folgende Todesanzeige vor: "Der (natürlich!) liebe Herr Quasi Modo verstarb beim Jahreswechsel als die Pummerin der Stephanskirche zum Jahreswechsel das dritte Mal schlug". Für seine Beerdigung spendet das Bestattungsunternehmen "Bahnhof in den Himmel" (zimmert in Handarbeit kunstvoll die bequemsten Särge der Welt) einen brieflichen Segen des Kardinals Kaiser, der von einem Diakonie-Mitarbeiter am Grab verlesen und von dem auch der besondere Segen weitergeleitet wird. Ein echter First Class-Flug ins Himmelreich wird garantiert.

PS: Bei begründeten Beschwerden der zum wirklich gütigen Daddy im Himmel strebenden Jesus-Kopien tauschen wir natürlich die Särge gerne aus! Wir empfehlen: Kommen Sie einfach mal zum Probeliegen in eine unserer Madenfreien Filialen. Sie werden gar nicht mehr aufstehen wollen.

Ihr ergebenes Bestattungsunternehmen "Bahnhof in den Himmel".

Nebenbei sei erwähnt: Da alle meine Leser*innen Werbe-Einschaltungen bestens kennen, wird sie auch die vom "Bahnhof in den Himmel" kaum stören.

Unmusikalische Zugabe: Ob bei Miss-Wahlen, dem jährlich erwarteten Neujahrs-Baby oder den in Zukunft vielleicht doch gefeierten Neujahrs-Toten- mir tun eigentlich die Zweitplatzierten leid. Keine Fotos und Namensnennung in den Medien, keine Geschenke diverser Babynahrungs-Firmen und keine so richtig ernstgemeinten Gratulationen von Verwandten, Bekannten und Politikern. Nada, nichts, niente. Niemand will Zweiter werden, weil auch dann ist man ein Verlierer. Ein Vize-Kanzler wäre lieber Bundeskanzler und ein Vize-Weltmeister im Sportgeschehen ärgert sich nach der Siegerehrung ebenfalls, dass er nur "Vize" genannt wird...

Es gibt solche Gerüche und andere Gerüche...

Normalerweise vermeide ich das doch stressige Einkaufen an Wochenenden, aber heute, an einem Freitag, riskierte ich es mal wieder. Im Supermarkt herrschte zum Glück kein Gedränge und manche Leute achteten, wie ich, auf einen gewissen Abstand. Den hatte ich übrigens auch schon früher, in Zeiten ohne Corona eingehalten, da ich meiner Nase keine Körpergerüche fremder Leute zumuten will. Wie jene nicht gerade geheimnisvollen "Düfte", die unter mancher Gürtellinie um Nasenrumpfende Aufmerksamkeit in ihrer näheren Umgebung förmlich buhlen.

Natürlich ist man nicht gezwungen, täglich zu duschen, sich zu rasieren, zu parfümieren und die von Schweiß, bräunlich-gelben Einfärbungen und Gerüchen fast schon imprägnierte Unterhose oder den Slip zu wechseln.

Es ist sogar pseudowissenschaftlich bewiesen, dass Frauen sich von nicht gerade gewohnheitsbedürftigen Düften aus Mäulern und sogar oberhalb der Gürtellinie "weniger" angezogen fühlen und läufige Männer von weiblichen Gerüchen unterhalb der Gürtellinie eher angelockt werden.

Geschlechtsneutrale Pfrnaks, Zinken, also Nasen, gibt es übrigens im römisch- griechischen oder nubischen Format. Manche Mitmenschen haben aber auch Adler-, Stups- und Himmelfahrtsnasen, verriet schon 2010 der britische Forscher Dr. Adrian Evans und bei Schönheitschirurgen kann man sich so einen "Heamper" sogar nach Wunsch anfertigen lassen. Nur die unsichtbaren Pinocchio-Nasen sind nicht gefragt...

Ich wiederhole: Auch nasenrümpfender Körpergeruch kann für manche Geilisten sexuell sehr anregend wirken. Nicht nur bei brunftigen Tieren. So schnüffeln Hunde bei Hunden, manchmal

Männchen sogar bei Rüden, zuerst hinten herum. Manche behüpfen in ihrer Not auch die Füße ihrer Herrchen oder Frauerln.

Doch bleiben wir beim Menschen und dem angeblich positiven Aspekt von Gerüchen: Körpereigene Duftstoffe wirken laut mancher Experten bei Homo- und Heterosexuellen stimulierend und man bezeichnet dieses "Hormonelle Viagra" wissenschaftlich als „Pheromone".

Pheromon-Parfums werden sogar für den nichtmagischen Anziehungs-Kick beworben und gewinnträchtige Pheromon-Partys für Partner- Suchende veranstaltet, die man keinesfalls mit verstopfter Nase oder FFP2-Masken besuchen sollte.

Wenn wer Erfolge verzeichnet, dann mit Sicherheit die pfiffigen Verkäufer des angeblich "hormonsteuernden und sexanregenden Parfums", das für Männer und Frauen produziert wird.

Bei der Niederschrift dieser Story dachte ich unwillkürlich an den umtriebigen und bei jungen Frauen erfolgreichen Baumeister Lugner. Ob auch er sich damit einsprüht? Keine Ahnung und am Opernball folgte ihm angeblich noch keine geruchsempfindliche, aufdringliche Frau auf die Herrentoilette.

Leisten würde sich der "Mörtel" die betörende Duftnote bestimmt können: Sogar das Nachtschwärmer- Parfum mit dem verführerischen Namen "Nightclubbing Eau de Parfum". 100 ML kosten ja nur 190 EURO. Hier noch die schwärmerische und verlockende Inhaltsangabe:

EIN NACHTSCHWÄRMER-PARFUM, KOMPONIERT AUS ERINNERUNGEN AN PARISER NÄCHTE ZUR ZEIT DER BE-RÜHMTEN CLUBS LE PALACE UND LES BAINS DOUCHES. DAS GALBANUM IN DER KOPFNOTE PROJIZIERT UNS IN EINE ELEKTRISIERTE UND ELEKTRISIERENDE ATMO-SPHÄRE MIT NIKOTINAKZENTEN, UNTERMALT VON EI-NER SÜCHTIGMACHENDEN MOSCHUSPATINA, ZWISCHEN

KARMESINROTEN SAMTBÄNKEN UND DER SINNLICH-
KEIT VON VANILLEAROMEN.

Naja, viele Leute schwören auf sogenannte Heilpraktiker und ihre
"etwas anderen" Praktiken. Andere "Kreuz- & Querdenker" sind
Fans der Homöopathie und vertrauen sogar Placebos, Wahrsagern
und, man höre und staune, Werbesendungen, Politikern und Ban-
kern...

Niemand krotzt mehr oh...

Wie viele Millionen Mitmenschen befinde ich mich in einem beschissenen Lebensabschnitt, in dem man öfters, eigentlich zu oft, an den sich unerbittlich nähernden Tag des fallenden Vorhangs denkt. Ablenkungen wie elitäre Fernreisen oder Bordellbesuche kann ich mir nicht leisten. Nicht einmal meine junge und kaum gebrauchte Frau (in einer Anzeige würde ich sie als "Neuwertig" anbieten) gegen eine noch jüngere, die Strapse liebt und auch kochen kann, zu tauschen. Ich könnte die Ablöse-Forderungen eines asiatischen Töchter-Händlers kaum erfüllen. Das alles könnte sich dafür mein ehemaliger, von mir Dodel fleißig gesponserter Bankberater leisten.

Zur allgemeinen Intensivierung meiner Semi-Depressionen tragen die täglich in den Tageszeitungen erscheinenden Schlagzeilen über Tote, die mit oder irgendwie an Corona gestorben sind, bei.

Für erfreute Bestattungsunternehmen, Steinmetze, Friedhofsgärtner, Grabredner, Pfarrer und manche Erben mag der steigende "Kurs" vielleicht wie eine gewinnbringende Aktie erscheinen.

So ist halt das Leben und es tröstet mich kaum, nur ein kaum wahrnehmbarer Trottel und Versager unter Milliarden Loser auf dieser von Konzernen, Lobbyisten und egoistischen Milliardären gesteuerten Welt zu sein. So, ich denke euch Leser und Leserinnen mit genug selbst gezüchtetem, stets betreutem und natürlich regionalem Blödsinn aufgewärmt zu haben. Geh`n wir es an...

Es krepiert auch niemand mehr...

Verdammt nochmal! Nur weil vor Jahrzehnten ein geiler Bock einen lustvollen Orgasmus bei meiner Mutter genoss, muss ich eines Tages sterben! Freddy Ch. Rabak

...selbst in Wien "krotzt" fast kein Sterbender mehr "oh". Man stirbt. Ein unverfälschtes, bereits in Agonie liegendes Weanerisch wartet neben oft morbiden Wienerliedern in der Dialekt-Intensivstation auf die letzte Ölung. Besonders auf Alkoholentzug befindliche Wiener möchten liebend gerne wieder mal "eingspritzt", "im Öl", „Voill-, Blunzen- oder einfach „fett" sein. Die "Fett`n" hat aber nichts mit einer "Waumpen" oder "Blad" zu tun- es geht um einen kleinen bis zu "festen Rausch" und eine "Waumpen" zeugt von Fettleibigkeit (Adipositas, von lateinisch adeps- „Fett"), die Betroffene eigentlich nur "Blad" ausschauen lässt.

Am schmackhaftesten, gesündesten und auch patriotischsten wäre es, den bedenklichen, komatösen Zustand der Dialektik mit "echt steirischem Kernöl" zu behandeln. Ein vorbeugendes Medikament, das eigentlich auf Urologie-Stationen bei chronischen Dauerpinklern und reiferen Windelträgern mit Prostata- Beschwerden viel besser aufgehoben wäre.

Sie, werte Leserinnen und Leser, fragen sich jetzt vielleicht, was Wienerisch mit den an Prostata- Krebs Erkrankten Gemeinsames hat? Natürlich nichts! Dafür Kernöl mit dem Dialekt: Beides wird viel zu wenig verwendet.

In Corona-Zeiten stirbt man dem humanen Zeitgeist, Parten oder Todesanzeigen entsprechend, indem man friedlich (oft im Kreis gestresster Krankenschwestern, überarbeiteter Turnus- oder Assistenzärzte statt enger Angehöriger) "einschläft" und ohne Stöhnen, Schmerzen und verdrehter Augäpfel über den gern erwähnten "Regenbogen" geht und nicht getragen wird. Ebenso wie geliebte Katzen und Hunde, aber natürlich kein Schwein oder andere "nutzlosen" Nutztiere, die aber der Mensch wirklich zum Fressen gern hat.

Auf dem letzten Weg wird nicht die sehr in Mode gekommene, bunte und heiter stimmende Regenbogenfahne von manikürten Männerhänden geschwenkt. Dazu fehlt den Sterbenden die Kraft und auch die plötzlich scheißegal werdenden, persönlichen Gen-Einstellungen wie politische, moralische und vor allem religiöse Standpunkte, die einst das Leben der Sterbenden, Dank vielfacher Indoktrinierungen, markierten. Manche Regisseure bauen solch rührende Sterbe-Szenen sehr gerne in tragischen, dramatischen Filmen oder Theaterstücken ein. Freut nebenbei auch die Papiertaschentuch- Hersteller.

Die Gesellschaft ist heutzutage und nicht erst seit Pippi Langstrumpfs "Villa Kunterbunt" "bunt eingefärbt". Also warum soll es der Tod nicht sein? Als noch Lebender würde ich sogar pinke, rote oder überhaupt bunte Grabsteine statt den schwer aufs Gemüt drückenden schwarzen Grabmalen bevorzugen.

Religioten, wie gläubige Menschen oft abschätzig genannt werden, sollten glücklich sein und sich sogar freuen, wenn die/der liebe Verstorbene (es kann auch ein "Es" sein) endlich bei seinem vermeintlichen Vater angekommen ist und noch dazu die bereits seit Generationen verstorbene Sippschaft wieder (ohne Mund-Nasenschutz und PCR-Test!) umarmen kann. Da lernt man unter anderem auch den richtigen Vater, die Ur-Ur-Ur-Ur-Großeltern und deren längst verstorbenen Haustiere kennen.

Übrigens: Sterbe-Experten und Jenseits-Forscher haben laut Tarot-Karten, sachlich ausgelesenem Kaffeesud und wissenschaftlichen "Tischerlrücken" endlich herausgefunden, dass es garantiert kein tiefschwarzer Regenbogen ist, über den sich Sterbende schleppen müssen. Er ist und bleibt bunt. Basta!

Obwohl der gestresste und fast schon überforderte Gevatter auf Selfies und Gemälden stets einen schwarzen oder grauen, ungewaschen aussehenden Umhang trägt. Vielleicht, dass sein blanker, polierter Totenschädel und die minütlich gebrauchte, im Mondlicht matt glänzende Sense mehr Beachtung finden? Könnte man dem Herrn kein farbiges Outfit verpassen, das wenigstens seine Knochen verdeckt? Er tut ja nur seit Menschengedenken seiner Pflicht im Namen Gottes nachkommen. Wie Henker im Namen des Rechts...

Seltsamerweise wird der Tod nicht auf Grabsteinen abgebildet. Aber auch Skulpturen, die ihn in voller Pracht und mit weißen Zähnen zeigen, sucht man vergebens auf Gräbern in seinem Totenreich. Dafür findet man scheinbar sehr musikalische Engerln, die von allen Künstlern mit lockigem Haar und Pausbacken abgebildet werden. Sie zupfen auf scheinbar saitenlosen Harfen ein stummes Lied. Vielleicht "Jo, wir san mit`n Leichenwagen da" statt mit einem Radl? Auch ein sehr vertrauenswürdiger, langjähriger Friedhofswärter und Grabstellen-Experte", der rein zufällig ein facebook- Freund von mir ist, konnte keine Expertise darüber geben. Er jammerte nur über das im Lockdown magere Trinkgeld von den wenig zugelassenen Trauernden. Oder jenen, die auch nur so tun.

Mir fiel früher, bei meinen sehr seltenen Blitz-Besuchen auf Friedhöfen, etwas auf, das nicht unbeachtet bleiben und hier besprochen werden sollte:

Wie kommen Männer eigentlich dazu, neben Frauen bestattet zu werden? Warum gibt es keine streng getrennten Grabstellen? Wenn es für Hauptmieter verschiedener Glaubensgemeinschaften getrennte Friedhöfe und Grabanlagen gibt, dann bitte auch für Frauen! Ebenso sollen Geschöpfe des dritten Geschlechts unter sich bleiben.

Wenn Sie, liebe Leser*innen, sich kopfschüttelnd fragen, warum das so sein sollte, gebe ich gerne kostenlos Auskunft: Es heißt ja "letzte Ruhe" und es könnte nachts sogar die ewige Ruhe im Friedhof gestört werden. Besonders, wenn Frauen, die irrtümlich glauben, noch zu leben, über Männer im Nachbargrab tratschen oder über alte Gruftkasperln, Pardon, ich vergaß wieder einmal die Gruftkasperlinnen zu nennen, die ihrer Ansicht nach glauben, "etwas Besseres" zu sein, lästern. Auch Transen und Männer mit eingebautem Heizkörper und lackierten Zehennägeln tratschen, wie Mädels, naturgemäß sehr gerne. Sogar ohne Bassena.

Warum sollten sie nicht über neue Modeschöpfungen, Frisuren, Schwänze, Nachtleben, Promis, Nachbarn, schlampige Verhältnisse oder über Karl Lagerfelds modische Kollektionen von dezenten Leichenhemden quaken? Wer von uns Lebenden weiß schon, was sich Mitternachts, zur Geisterstunde, auf einem Friedhof alles abspielt? Wenn man sich "Es lebe der Zentralfriedhof" von Wolfgang Ambros anhört und dem Text über die Geburtstagsfeier des Friedhofes Glauben schenkt, bekommt man fast schon einen Gusto, sich dort einzuquartieren. Natürlich in guter Lage! Laut Wolferl tanzen dort um Mitternacht sogar "Pfarrer mit Huren und Juden mit Araber". Einfach geil!

Vor dem Tod mögen alle Lebewesen gleich sein, aber wenn man sich manche fast schon monumentalen Gräber anschaut, wird der Normalsterbliche schon zu Lebzeiten blass und die Promis am Zentralfriedhof würden sich wie in einem Armengrab fühlen, wenn sie wüssten, wie es sich z.B. am Friedhof für sehr Reiche, am bewachten Monumental Cemetery in Mailand, nach einem Leben in Saus und Braus auch in einem Mahagoni-Sarg so richtig entspannt und zufrieden ausruhen lässt.

Dort sind sämtliche Gräber kleine Kunstwerke. So wird er zumindest als Touristen-Attraktion beworben. Die Gruften sind oft Pyramiden nachempfunden, Das soll auch bereits abgelegenes Fleisch frisch halten. Viele haben schon zu Lebzeiten gemeinsam mit Star- Steinmetzen und Nobel- Friedhofsarchitekten ihr kleines

"Reich" mit Türmchen, verzierten Säulen aus Marmor entworfen. Dazu ergänzen stets frische Blumen und Kränze die vielleicht sogar zutiefst ergriffenen, manchmal neidvolle oder durch Tränen beeinträchtigte Sicht der Betrachter auf ein luxuriöses Bauwerk. Ich würde mich fragen ob die Begrabenen auch ihre goldene, mit Brillanten besetzte Rolex mitgenommen haben? So fand man in den von Grabräubern verschonten Grabkammern mancher Pharaonen besonders wertvolle Grabbeigaben.

Es waren wahre Schatzkammern mit Gold, Edelsteinen und anderen Edelmetallen. Hier wurde und wird weiter sehr viel Geld förmlich verscharrt. Am Eingang bekommt man beim Portier sogar eine bunte Broschüre mit Angaben, wo sich die schönsten und prunkvollsten Grabstätten befinden. Ich finde, das alles gehört erwähnt und sollte nicht stillschweigend unter einen Sarg oder eine Urne gekehrt werden!

Kehren wir wieder in die relativ bescheidenen Friedhöfe in Österreich zurück. Dazu fällt mir folgendes ein:

Warum werden Künstler, Weltmeister im Tischfußball, Bezirks- und Gemeinderäte, einfache und sogar doppelte Doktoren von einem Tag auf den anderen, ohne gebührenden Respektabstand, neben ehemaligen Sonderschülern, Dorftrotteln, Tachinierer, Häfenbrüdern, Dorftrotteln oder Hilfsarbeitern ohne Schulabschluss bestattet? Angesehene Leute, die es stets gewohnt waren, sich einen besonderen Tisch im Restaurant oder den Logenplatz im Theater reservieren zu lassen, müssen unter peinlichen Umständen neben simplem Vorstadt-Gesindel, Armengrab-Mietern oder primitiven Prolos liegen und den benachbarten Würmern, die vorher schon ein Auge des benachbarten Obdachlosen verschmatzt haben, als Hauptspeise dienen? Igitt!

Das kann bei den "ganz oben" wartenden Angehörigen, die zu Lebzeiten auch mal der mittleren Oberschicht angehörten und ja nur "vorausgegangen" sind, ein ewig anhaltendes Trauma auslösen. Ein

Trost: Der Schlag kann sie nicht mehr treffen. Auch nicht der Blitz beim scheißen. Aber vielleicht kann es den Appetit auf die täglich gereichte Götterspeise Manna verderben. Da könnte die softigste Wolke für lange Zeit zu einem harten Lager werden. Man bedenke: I m Himmel kann eine "lange Zeit" zehntausende oder gar viele Millionen Jahre andauern.

Sterben wirft überhaupt sehr viele Fragen auf und die Toten haben auf Erden keine Lobby hinter sich. Nachdem sie unter der Erde liegen, die ersten neugierigen Würmer zu Besuch kommen und die "The Last Farewell-Veranstalter" sich die Hände reiben, können oft sogar die ehemals "guten" und besten Freunde des Begrabenen den fast schon vergessenen Refrain aus Freddy Quinn`s ehemaligem Hit (1964) leise summen, bevor sie in ein Lokal einkehren, um ein paar Gläser später lachend Witze und Anekdoten über den Toten zu erzählen...

Vergangen, vergessen, vorüber

Vergangen, vergessen, vorbei

Die Zeit deckt den Mantel darüber

Vergangen, vergessen, vorbei

*

Das unerwähnte Dilemma eines Sterbenden in der Sekunde des Ablebens ist: Er erfährt nie mehr die Todesursache, an der er gestorben ist. Auch nicht, wer oder was schuld am Tod war oder ob das Lebensende vielleicht durch Schlamperei, Fehldiagnosen oder gar mit böser Absicht herbeigeführt wurde. Da lese ich nach kurzem googeln folgendes (Ausschnitt) unter der Schlagzeile: "Jeder zweite Mord bleibt unentdeckt":

...Das ergab eine Studie der Universität Münster. Ulrike Eichin, Fernsehjournalistin, Mainz. Ihr Fazit: In Deutschland wird Jahr für Jahr bei rund 11.000 Toten fälschlicherweise eine natürliche

Todesursache diagnostiziert. 1.200 sind Opfer von Tötungsdelikten, bei den anderen handelte es sich um nicht erkannte Suizide, Unfälle und ärztliche Kunstfehler! Die Untersuchung stammt aus dem Jahr 1997, die Zahlen sind heute nict mehr aktuell, da viel höher. Quelle: Kriminalpolizei.de

Ich denke, diese erschreckenden Zahlen werden 2021 und noch länger bestehen bleiben. Natürlich proportional steigend. Der Artikel stammt übrigens aus dem Jahr 2008.

Man kann "ante portas" nicht einmal wem die Schuld am eigenen Tod geben, niemanden, oft trotz Verdachtsfällen, anklagen, keine vielleicht sogar berechtigten Vorwürfe mehr machen. Auch keine "banalen" Fragen an Forensiker wie "Warum war Ethylenglykol (Frostschutzmittel), Thalium, Arsen, Zyankali etc. im Essen oder Drink?" mehr stellen.

Tragische Unfälle mit tödlichem Ausgang sind immer Tragödien, an denen man oft nicht selbst Schuld trägt, sondern Verwandte, Freunde oder Lebenspartner, die vielleicht durch einen plötzlichen Sekundenschlaf auf die falsche Fahrbahn geraten und nach dem Crash unverletzt aus dem Wrack kriechen. Die Leiche, also ein schwer lädierter Körper, wird in einem Sarg flott abtransportiert und schließlich obduziert oder entsorgt. Man stirbt oft mit vielen unbeantworteten Ungereimtheiten. Wenn ein fremder, vielleicht besoffener Unfallverursacher schuld war, wird das in einem Sarg liegende Opfer nie erfahren, wer dieses Arschloch war.

Es reicht in der letzten Sekunde des Lebens nicht einmal mehr die Zeit, "Du blöde Sau" zu schreien oder ein vorwurfsvolles "Hast du nicht aufpassen können?" über die Lippen zu bringen. Geschweige für ein Gebet, das nie mehr beim Empfänger ankommen wird.

Man kann als Mausetoter, also "ganz und gar Toter" auch keinen Chirurgen mehr beschuldigen oder beschimpfen, der vielleicht nach einer durchzechten, langen und lustigen Nacht oder auch einem

Streit mit seiner "Oiden" bei einer Routine-OP irrtümlich, zwischen zwei Gähn-Anfällen, das gesunde Herz statt einem gutartigen Tumor entfernt. Kann ja passieren. Wie oft wurde z.B. schon ein gesunder Fuß mit dem kranken Haxn verwechselt und erfolgreich amputiert.

Bei einem Tod, der in Sekundenschnelle eintritt, bekommt man vielleicht selbst nicht mehr mit, was mit einem geschieht. Viele "Sterbe-Experten" empfinden so einen schnellen Tod als sehr schön. Besonders im Schlaf. Manche würden ihn aber trotzdem nicht mögen. So wartet jeder Krimi-Fan voll Spannung vor dem TV-Gerät bis zum Finale, um endlich zu erfahren, wer der Mörder ist. Aber nein, gerade, wenn der Ermittler den Mund aufmacht und den Täter mit Namen nennen will, stirbt der Fan unwissend. Noch schlimmer ist es aber, wenn man selbst ein Mordopfer wird und nie erfährt, wer der Täter war und ob er auch gefasst und für den Mord bestraft oder wegen Mangel an Beweisen freigesprochen wurde.

Das tote, reaktionslose Gehirn erfährt nix mehr. Wie auch der Fußballfan, der während eines Spiels seiner Lieblingsmannschaft einige Minuten vor dem Schlusspfiff den "Löffel abgibt" und nie erfahren wird, wie das Spiel ausgegangen ist und welche "hochinteressanten" Analysen die Experten nach dem Spiel kundtun.

Es muss auch besonders fürchterlich sein schreiend in einem abstürzenden Flugzeug zu sitzen, um nach dem Aufprall nicht zu erfahren, ob man nur ein paar Teile seines Körpers findet oder ob er vielleicht in einem Meer als gehacktes Fischfutter schwimmt. Fische, die man nicht einmal aus Speisekarten oder Aquarien kennt. Der leblose Passagier wird nie erfahren, ob der Pilot besoffen war oder einfach einen schweren Fehler machte. Die Frage, ob die Maschine technisch fehlerhaft war, bleibt in der Finsternis des Todes ein Geheimnis für die ewig stummen Betroffenen. Auch werden die Toten nicht erfahren, wieviel Geld die Fluglinie oder Versicherung den trauernden Hinterbliebenen auszahlt.

Gläubige Menschen haben es da einfacher, denn sie glauben ja an den berühmten Tunnel, an dessen Ende im strahlenden Licht alle lieben, bereits Verstorbenen auf sie warten und natürlich den Neuankömmlingen alles erzählen, was sie vom höchsten Punkt des außerirdischen Regenbogens aus beobachtet haben. Auch, wie das angesprochene Match ausging, ob der eigene Mörder gefasst wurde oder doch nicht. Der Geist der Oma wird dem Enkerl sicher auch verraten, wer der Unfalllenker war und ob der Arzt verurteilt wurde. Auch, ob der zugeteilte Schutzengel, der den Tod seines "Schützlings" verschlief, zur Rechenschaft gezogen wird.

Mir fiel noch was zum Thema sterben ein: Angeblich sieht man mit brechenden Augen sogar noch einen Film des Lebens im Schnelldurchlauf. Ich frage mich schon was die Menschen sehen, die von einer Zehntelsekunde auf die andere sterben? Nur den Vor- oder Nachspann? Was sehen blinde oder demente Menschen? Von Babys ganz zu schweigen! Genießen auch Serienmörder noch einmal die "Höhepunkte" ihres Lebens? Jaja, die angeblichen "Nahtod-Erfahrungen" mit denen manche esoterische Autorinnen, Journalisten und Filmemacher genug Geld einnehmen. Ebenso Gespenster-Jäger, Sekten, Prä- Astronautiker, Medien, von UFOS Entführte und Hellseher mit Engel-Kontakte. So manches Medium erzählt trauernden Hinterbliebenen gegen einen entsprechenden Obolus sogar wie es den lieben Toten gerade geht.

Abschließend: Meine Frau Ruth wurde 20089 in Spanien zweimal reanimiert und im Krankenhaus von Denia für fast zwei Wochen in ein künstliches Koma versetzt.

Wahrscheinlich war ihr "Lebensfilm" in einem "Archiv des Lebens" verschlampt und unauffindbar. Jedenfalls "sah" sie keinen "Film". Nicht einmal mich bei den täglichen Besuchen.

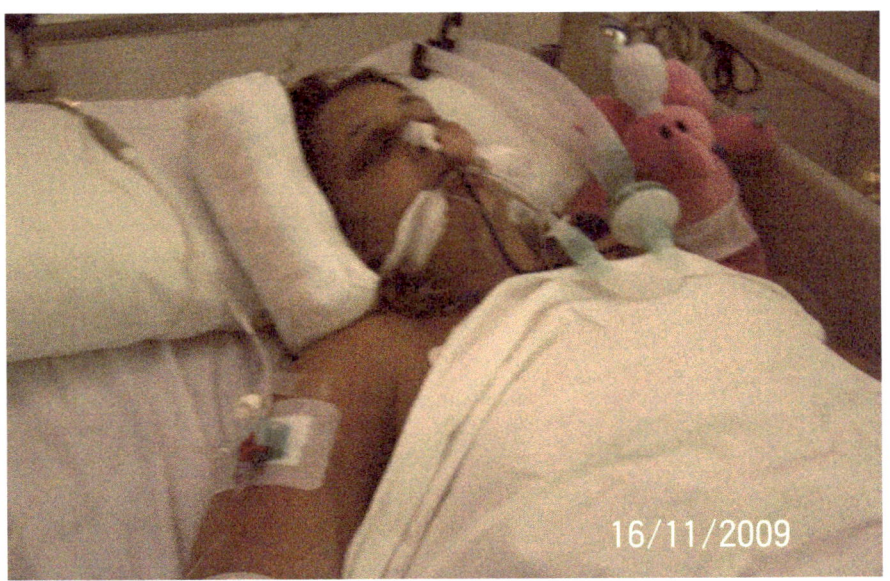

16/11/2009

Abschließend frage ich mich, wem sonst, ob man Witze über Tote reißen darf: Ich finde ja, denn sie gehören keiner Minderheit an. Noch was für Menschen, die sich ihr ganzen Leben unbeachtet , nicht geschätzt und ungeliebt fühlten:

Eines Tages wird man auch euch auf Händen tragen. Wenn es auch nur Bestatter sind. Sollte wer an Klaustrophobie leiden, bitte heftig gegen den Sargdeckel klopfen! Ehe ich es vergesse: Warum ich keine Bestatter will? Die haben so eine herablassende Art!

Da es mehrere Milliarden Christen auf dieser Welt gibt, stelle ich wieder einmal -erraten?- die Frage: Warum demonstrieren die vielen Gläubigen nicht gegen die unverschämte Sterbepolitik Gottes? Ich finde es gut wenn gegen das Sterben der Wälder und das Aussterben von Tieren protestiert wird. Hier muß ich das berühmte Wackelwort ABER einsetzen: Aber warum nicht gegen das sterben vieler Kinder, Jugendlicher und jung gebliebene "Alte"? Noch was:

35

Die Verwalter des Himmels sollten nicht gegen hauchzarte Verhüterli und die Pille sein: Mehr Menschen auf dem Planeten bedeutet einen heftig ansteigenden Verbrauch von jetzt schon raren Ressourcen, die Betonierung grüner Flächen und das Fällen von Atemluft spendenden Bäumen...

Noch ein tröstendes Wort: Es gibt nachweisbar ein Leben nach der Geburt!

Blow Jobs, Hillary und Kuckuckseier...

Anlässlich einer Rezension des Buches "Hillary" stellt KURIER-Redakteur Peter Pisa in einem Artikel die tiefsinnige Frage "Was wäre, wenn Hillary nicht Bill Clinton geheiratet hätte?"

Bei der ich mich fragte: "Wem interessiert das wirklich?"

Vielleicht fehlt mir ein Publizistik-Soziologie- oder Philosophie-Studium um mir über den Sinn dieser Frage tiefgründige Gedanken zu machen, da ich ohne Schnorchel, Flossen und Maske nur in Pools oder Badewannen relativ tief tauchen kann.

Doch wäre es für viele Leser seiner Kolumne oder des Buches interessant zu erfahren wie die "leider nicht"-Präsidentin das Verlangen von Männern nach Blow Jobs oder Anal-Sex beurteilt, bzw. verurteilt? Oder ob sie als Studentin auch mal an einem Joint zog, aber wie Bill auch nicht inhalierte. Also nur aus Gefälligkeit zu den kiffenden Kommilitonen.

Da eigentlich alle im öffentlichen Rampenlicht stehenden Politiker das richtige Lügen, nennen wir es freundlicherweise Notlügen, in Seminaren und Schauspielkursen erlernen, würde ich der ehemaligen "First Lady", wie auch einem Pfarrer, kein Wort glauben.

Natürlich kennen diese bis zu ihrem Ableben auf einem Podium stehenden Damen und Herren auch alle wichtigen Ausdrücke der Körpersprache, ebenso die Wichtigkeit eines zum richtigen Zeitpunkt einsetzenden Lächelns und sie wissen wann ein entsetzter, hoffnungsvoller oder ganz entzückter Blick Empathien bringt. Auch das empörte Hochziehen einer oder sogar beider Augenbrauen will gelernt sein und ebenso wie man Nervosität oder rot zu werden unterdrückt, wann man am besten hüstelt, um Zeit zu gewinnen oder bei Interviews mit Gegenfragen sein neugieriges

Gegenüber lächerlich oder noch besser unglaubwürdig erscheinen lässt.

Ja, das will alles erlernt werden, um bei den Massen anzukommen. Doch lassen wir Hillary in der Versenkung verschwinden, weil mich ihre Biografie genau so wenig interessiert wie jene von ihrem Mann Bill oder von Helmut Kohl, die seit über 16 Jahren ungelesen und unbeachtet in meiner privaten Bibliothek verstauben.

Auch ich stellte mir schon viele Fragen, darunter auch jene: „Was wäre aus mir geworden, wenn der Spermien-Lieferant nicht bei meiner Mutter die schwere Last seiner Hoden abgeladen hätte?"

Wäre ich vielleicht auf einem Bauch, in einem Magen, Mastdarm oder gar in einem Tschuri- Fetzen gelandet? Was mich noch mehr interessieren würde:

Hätte ich als einzelkämpfendes Spermium auch in einer anderen Fotze den rettenden Sprint zu einer rettenden Eizelle gewonnen, um mich einzunisten? Immerhin wären auch dort Millionen Sperma-Konkurrenten nach dem Start-Orgasmus los gesprintet. Sogar "gedopt"?

Ich habe noch einige Fragen parat, die ich nicht einmal dem weisen Orakel von Delphi würdelos stellen würde, vielleicht aber einer Star-Wahrsagerin: "Hätte ich bei einer anderen Mutter vielleicht Millionen oder nur eine Erbkrankheit geerbt?"

Oder: Was wäre anders geworden hätte ich mich als Halbwüchsiger nicht in eine Hure verliebt? Alles Spinnerei, all die Fragen könnte ich auch "Radio Eriwan" oder meinem eigenen Sender "Radio Blödsinn" stellen! Ich weiß bis heute nicht einmal, wer mein richtiger Vater war. Es war nicht die Person, zu der ich bis zu dessen Tod "Papa" sagte.

Naja, ich wäre nicht das einzige in fremden Nestern abgelegte Kuckuckseit auf der Welt, das großgezogen wurde und ich frage mich noch heute, ob es mir als angeblicher Vater nicht auch passierte?

PS: Zum kurz erwähnten "Blow Job" möchte ich noch Ergänzendes schreiben: Für mich ist es nur gegen Bezahlung ein "Job".Viele Frauen mögen ihn auch nicht gern praktizieren. Nicht einmal aus Ekel sondern aus Sorge um die mangelnde Virtuosität und ein gewisses Talent, das z.B. Flötenspielerinnen beim blasen ihrer Instrumente besitzen.

Deshalb ist es bei beiderseitigen Einverständnis kein "Job" sondern "Blow-Art". Manche begabte und besonders lernwillige Frauen sollten vielleicht mal einen "Gratis-Anschauungsunterricht" auf diversen Internet- Porno-Seiten besuchen um ihren Liebhabern/Männern ein spritziges Vergnügen zu bereiten...

Das Kuschel-Wildschwein

Eigentlich hatte ich am heutigen Tag vor (um welchen Tag es sich handelt, verrate ich nicht) den Garten zu mähen und dem wild wuchernden Unkraut auf den Halm zu rücken.

Nachdem ich einige Minuten dem Nachbar bei der Gartenarbeit zuschaute und dem Klang seiner Motor-Sense nicht unbedingt fasziniert lauschte, ermüdete ich plötzlich. Nachdenklich strich ich mir mit meinem Pfötchen (ohne Samt, aber mit Krallen) über die von Gaffer-Schweiß feuchte Stirn und nahm, meinem Instinkt gehorchend, erschöpft und mit Kreuzschmerzen Platz auf einem hölzernen Sessel. Zu meinem Glück lungerte in unmittelbarer Nähe eine freundlich glänzende Bierdose herum und labte mich schließlich.

Auch anderen beim Arbeiten zusehen macht müde, macht den Bandscheiben zu schaffen und unter gewissen Umständen sogar geil, wenn man z.B. Pornos guckt. Das oft unstillbare Verlangen anonymer Alkoholiker will ich hier gar nicht erwähnen, wenn sie mit trockener Kehle zuschauen müssen, wenn wer in ihrer Gegenwart an einer Flasche Bier nuckelt...

Ich verwarf meine Gedanken, rülpste, stand auf und mähte schließlich im Badezimmer das schon lästig werdende und wild wuchernde Gestrüpp in meinem Gesicht mit einem Rasierer. Unbarmherzig versenkte ich nach der Rasur die mich sekkierenden und juckenden „Invasoren", die in den letzten zwei Monaten meinen Bart als ihr Territorium betrachteten. Wie schmarotzende Milben und aggressive E- coli Bakterien. Auch der im struppigen, weiß-grauen Bart eingetrocknete Gulasch-Saft, der mir noch vor einem Monat sehr gut geschmeckt hat, wurde letztendlich im alles schluckenden Scheißhaus entsorgt.

Noch was Unwichtiges:

Der beliebteste und beste Baumeister (bitte nicht an Otto Wagner denken) und nebenbei berühmteste "Privat-Streichelzoo Betreiber" Österreichs, Richard „Mörtel" Lugner der Erste, hat seinen „Zoo" erweitert. Ein „Zebra" wurde ausgewildert und irgendeine Blondine, die sich bei ihm beworben hat, darf sich jetzt von ihm geadelt fühlen und „Wildsau" nennen. Süß und schnuckelig, oder?

Als Praterbua dachte ich nach all meinen durchlebten Jahrzehnten, dass der Begriff „Wildsau" eigentlich eine Beleidigung sei. Besonders zu verwahrlosten Bewohnern verwahrloster Wohnungen sagt(e) man gerne hinter deren Rücken „Der/Die ist eine echte Wild- oder Drecksau". Es gibt also eine enge "Wort-Verwandtschaft" der beiden "Säue".

Gewisse Personen nannte man nicht nur früher „Sau" oder „Schwein". Es gab und gibt auch bereits erwachsene "Ferkerl" ohne Ringelschwanz. Das "Schweinderl" klingt doch viel lieblicher und auch appetitlich. Oder finden Sie das "Schweinderl" aus der Billa-Werbung nicht süß, wenn es mit dem Bio-Bauern redet? Wer würde es nicht gerne streicheln? Aber eine „Wildsau"?

Naja, wenn der „Richi" gerne mit einer „wilden Sau" schmust, ist das seine Sache und die Medien stehen auf solche Schlagzeilen. Hoffentlich verbringt er mit dieser jungen Frau keinen Urlaub auf den Malediven. Die Bewohner dieser Inseln sind Moslems und hassen bekanntlich Schweine. Auch Wildsäue.

Was ich noch so nebenbei zur "Wildsau" sagen möchte: Ich persönlich würde auf einen „Wildschweinbraten" verzichten und lieber den weltbekannten Gourmets Asterix und Obelix ihre Lieblingsspeise gönnen.

PS oder Update:

Laut einem Zeitungsbericht ist Mörtel sauer auf die "Wildsau" weil sie angeblich seinen Namen für ihre PR "missbrauche". Warten wir halt auf die Nächste. Vielleicht ein "Krokodil", "Nilpferd" oder gar ein niedliches Seepferdchen"?

So. Nun bereite ich mich auf die morgige Live-Übertragung des ORF über die Himmelfahrt Christi mit einer edlen Flasche seines "Blutes" vor. Angeblich hat ihm der Weihnachtsmann seinen Schlitten geborgt. Sagte zumindest ein Osterhase im Ruhestand dem Chefredakteur von „Radio Blödsinn" und verriet: Anscheinend tritt auch eine gewisse Maria die geplante Reise an. Wer weiß...

Werte Leserinnen und Leser!

Sie haben bereits 42 Seiten gelesen. Es wird Zeit eine Bonbon- Lutsch-, Knutsch- Kaffe- Rauch- oder Pinkelpause einzulegen.

Hunger haben ist schwer, vegan leben noch mehr...

Wenn man in Spanien lebt und das Glück hat, unmittelbar am Meer mit einer sehr großen Terrasse zu leben und täglich nicht nur große Tanker am Horizont beobachtet, sondern auch Fährschiffe, Segelboote, Jachten, Motorboote oder kleine Fischerboote, die keine hundert Meter entfernt ab- und anlegten, fallen einem auch zahlreiche Freizeit-Angler unter der prallen Sonne auf.

Bald übermannte mich die Lust, auch eine Angel auszuwerfen. Dabei den Sonnenaufgang oder auch deren Untergang zu genießen und über alles Mögliche zu sinnieren. Auch darüber, wann der Mensch wohl Schnüre und Fäden erfand, um Netze und Angeln zu basteln, statt mit einem zugespitzten Ast Fische zu jagen.

Muss damals für erfolgreiche "Jagdfischer" ein wirklich tolles Erlebnis gewesen sein. Besonders, wenn sie einen Kugelfisch fingen (Sie wissen eh, die giftigen) und bis auf die Gräten verspeisten. Für wie viele Menschen mag dieser Fisch wohl die letzte Mahlzeit gewesen sein?

Aber im Laufe der Jahrtausende haben sich die "Nebenwirkungen" wohl mittels Zeichensprache und Höhlenzeichnungen herumgesprochen. Weil ich Höhlenzeichnungen erwähnte: Keinem der damaligen Fleischesser-Aktivisten fiel ein nur Salat zu zeichnen.

Liebe Leser & Leserinnen, ich hoffe Sie merken, dass man nicht nur über kluge Dinge sinnieren kann, sondern auch über Schwach- und Blödsinn. Deswegen gründete ich ohne Eigenkapital oder Subventionen "Radio Blödsinn", das in meinen Büchern nicht nur geheime Nachrichten sendet.

Zurück in die damalige Realität.

Diese unamtlich angefertigte Niederschrift, die vor Ihnen in Form eines Buches liegt, dreht sich eigentlich nur um mein damals plötzlich erwachendes Verlangen, einen selbst „erlegten" Meeresbewohner frisch zu fangen, zu Hause den "Pescado" mediterran am Grill zuzubereiten und über das Weinglas mit einem "Rioja Reserva" die untergehende Sonne zu beobachten.

Gedacht und natürlich getan. Am nächsten Morgen besorgte ich mir zwei Angelruten samt nötigem Zubehör wie ein Angelköder-Set, Kescher und einen zusammenklappbaren Hocker. Aus Angst vor einem Sonnenstich wählte ich in einem chinesischen Laden den passenden Strohhut und natürlich eine Thermoskanne für kalte Getränke an heißen Tagen.

Auch diese schmucklosen Accessoires hatten die von mir beobachteten, aber nicht gestalkten Hobby-Angler stets dabei.

Als ich meine damalige Frau Andrea nach den Besorgungen stolz mit meinen "Petri Heil"-Gedanken konfrontierte, schaute sie mich sehr skeptisch an und meinte: „Mag ja alles gut und schön sein, ebenso gebratene oder gegrillte Fische, doch scheinbar hast du ein großes Problem übersehen oder auch einfach nur vergessen."

Ich schaute Andrea an und fragte „Ach, meinst Du die Köder?" Grinsend fügte ich hinzu „Macht nix, vielleicht finde ich im Mehl ein paar Mehlwürmer." Andrea lächelte. „Nein, der Fisch stirbt ja nicht vor Schreck, wenn er dich am anderen Ende der Angel sieht. Du musst ihn auch töten."

Das erinnerte mich an einen vor wenigen Tagen getätigten Einkauf in der Markthalle von Denia und an einen Marktstand, in dem lebende Hummer mit zugeklebter Schere angeboten wurden. Der Kauf scheiterte schließlich an der Frage, wer von uns zu Hause das lebende Tier ins kochende Wasser schmeißen würde...

Spät, aber doch begann ich nachzudenken und trug meine funkelnagelneue Angler-Ausrüstung in den Abstellraum.

Wir verzehrten doch lieber die von Köchen zubereiteten Meeresfrüchte und Fische, die andere Leute, Fremde, auf dem Gewissen hatten.

Nun könnte ich weiter Schwachsinn ohne Quellenangabe verzapfen, doch ich nehme lieber einen Schluck "Gezapftes" aus einem Zapfhahn und denke zurück an meine ehemalige Wahlheimat Spanien, mein Penthouse, das bunte Treiben auf den Straßen. Denke an manche deutschen "Asylanten", die vor lästigen, unbarmherzigen Exekutoren aus ihrer Heimat geflohen waren. Ans Angeln denke ich nicht mehr...

Als ich nach dem tragischen Suizid von Andrea die damalige Studentin Ruth, eine Veganerin, via Internet kennenlernte, spendeten wir u.a. die Angeln samt sämtlichem Zubehör (auch den ungetragenen Strohhut und den Klappsessel) einem deutschen Tierschutzverein, der auf Flohmärkten gespendetes Allerlei verkaufte, um streunende Hunde und Katzen vor den Gaskammer zu retten. Wir hofften es zumindest...

Die nächsten fünf Jahre mit Ruth änderten einiges. Auch ich wurde zum überzeugten Veganer. Zwei weitere Jahre später stillten wir beide unseren Appetit langsam auch mit vegetarischen Speisen. Da "durfte" man auch Käse, Eier und sogar Fischgerichte zu sich nehmen und der englische Supermarkt "Iceland" im Nachbarort Javea bot gut schmeckende (für Deutsche: "leckere") vegane Speisen tiefgefroren an. Wie z.B. tiefgefrorene "Hühner-Filets", mit denen ich endlich wieder mal fleischfreies "Curry-Huhn" mit aromatischem Reis, kleinen, süßen, abgebratenen Bananen von den Kanaren und natürlich Ananas-Scheiben zubereiten konnte. Das "Vleisch" sah nicht nur wie ein Hühnerfilet aus, es schmeckte unter "Vorspiegelung falscher Tatsachen" auch tatsächlich so.

Ruth isst heute, wenn auch nur sporadisch, mal Fisch, manchmal auch Käse. Altersbedingt und auf Rat einer Ärztin wurde ich leider wieder Fleischesser. Ich belog mich mit Hilfe der üblichen Ausrede von fleischessenden Tierliebhabern, die am "Fleischberg" unfreiwillig gestrandet und durch Magenknurren innerlich zerschellt sind, dass ich natürlich viel weniger und wirklich nur biologische "Leichenteile" verzehre.

Die Filets von "sanft zu Tode gestreichelten" Hühnern, Schweinen, Lämmern, Rindern etc. schmecken nach solchen gesalbten Worten gleich viel besser und das stets im Hintergrund lauernde schlechte Gewissen wird durch intensive Selbsthypnose so etwas wie narkotisiert. Ein ähnliches "Erleichterungs-Syndrom" tritt angeblich auch nach dem Verlassen eines Beichtstuhls und der erteilten Absolution auf.

Noch was, liebe scheinbar ahnungslosen Vollzeit-Grasfresser!

Erstens raucht man Gras und zweitens könnte das andere Gras mangels Klopapier und "Gackerl ohne Sackerl" schon anderweitig benützt worden sein.

Nobel-, Star-, Edel- und ganz nornale Huren

aus meinem Blog "Radio Schwachsinn" entliehen (2011)

Was macht wirklich den Unterschied zwischen ordinären Bordsteinschwalben und ABC-kundigen Nobelhuren aus? Duschen sich letztere öfters oder benützen nur teure Parfums, tragen Louis Vuitton - oder Prada-Accessoires als Nachfolgerinnen der legendären, 1957 in Frankfurt ermordeten Rosemarie Nitribitt? Sie tragen selbstverständlich standesgemäß anspruchsvolle Klamotten, eine goldene Rolex, Breitling oder Hublot am zierlichen Handgelenk mit einem auffallenden Brillantring am gepflegten, kleinen Finger.

Die "Hure von Welt" wird regelmäßig "Star-Figaros", noble Fitness-Studios und Schönheits-Institute aufsuchen und auch namhafte Schönheitschirurgen erfreuen sich über die zahl- und ertragreichen Besuche attraktiver Huren, deren Nasen oder Busen zu klein oder zu groß sind.

Manche dieser Luxusgeschöpfe studieren nicht nur Aktienkurse, sondern auch an Universitäten. Einige sogar an der Hochschule Merseburg. Die hat wahrscheinlich den geilsten Studiengang (keinen Dildo oder Penis) Deutschlands eingeführt. Man kann dort Sexology studieren. Am Ende winkt der Abschluss Master of Sexology (Deutsch: Meister der Sexologie).

Viele Nobel-Huren sprechen mehrere Sprachen, kennen die "Benimm-Dich"- Regeln in Nobel-Restaurants, Fünf Sterne-Hotels, Casinos, bei Opern- und Theaterbesuchen oder "Geschäftsreisen". Einfach perfekt, würden viele Freier, Sponsoren oder Gönner der Mädels anerkennend sagen. Aber weil es ja peinlich und unethisch wäre, sagen sie das nicht, sondern denken sich das.

Manche dieser oft zauberhaften Geschöpfe schaffen auch die Promotion am Standesamt mit einer einzigen Unterschrift und sind in

Logen am imageträchtigen Opernball unter den oberen Zehntausend herzlich willkommen.

Was sogar sprachunkundige Repräsentantinnen beider "Standesvertretungen" beherrschen, sind akzentfreie Fremdsprachen wie Griechisch und Französisch. Auch, wenn sie Angehörige der genannten Länder verbal kaum verstehen würden.

Es gibt noch mehr Unterschiede: Von Strizzis "gut erzogene" Straßenhuren stehen nämlich von Schicht zu Schicht, von Licht zu Licht und die Autos der Freier oder die "missbrauchten" Büsche sind nicht mit Waschbecken, Bidets und Dusche ausgestattet. Da muss auch mal ein Reinigungstuch zur "schnellen Pflege" nach dem schnellen Fick herhalten und wie spät es ist, verrät ihnen die billige Swatch oder Fake-Rolex am Handgelenk und die Finger mit in tiefer Trauer befindlichen Fingernägeln schmücken manchmal echt hausgemachte Tattoos, mit denen sie als ausgediente Veteraninnen (zu) oft einen Antrag am Sozialamt ausfüllen müssen. Das ist nicht ätzend, sondern traurige Realität.

Vielen bleiben als Hinterlassenschaft ihrer "Ex-Alten" statt einer bescheidenen, aber doch schönen Wohnung und ein wenig Erspartem horrende Schulden, Not und Elend...

*

Besonders Stars und Promis der "ach so heilen Welt" unterscheiden sich grundlegend von den um wenigstens etwas Aufmerksamkeit haschenden Komparsen und, man darf es fast nicht aussprechen, dem "gemeinen Volk" den Arsch zuwenden. Unbedeutende, für die es kein Red Carpet, keine Gala-Dinner, keine galanten Verbeugungen, Schmeicheleien und natürlich Gratis-Suiten in Nobelhotels gibt. Sie dienen als Staffage für gelungene TV- Aufnahmen und Berichte der Journaille. Aber sie dürfen wenigstens ehrfürchtig klatschen statt den "Wichtigen" eine zu klatschen.

Am besten fragt man mal die Redakteure, die unakademisch Ehren-Titel wie "Edelhuren", "Nobel-Lokale" oder "Staranwälte" kreieren und "machen". Ein Beispiel: So wurde laut BILD.de (23.10.2011) "Eine Edelhure in ihrer Wohnung fast totgeschlagen".

Susanne F. verdiente ihr Geld als Edel-Hure. Im Internet posiert sie mal sinnlich in weißen Spitzen-Dessous, mal supersexy in Schwarz. Braune Augen, blonde Haare, Körbchengröße 75F...

Ich will nicht auf den Mistkerl eingehen, der dies verbrochen hat und hoffe, der Arsch wurde ertappt ! Egal ob "Edelhure", einfache Hure, Schlampe oder irgend eine Frau, die sich auch mal gerne von Männern nicht nur sexuell verwöhnen lässt!

Als "Sexperte" stell ich mir die Frage: Wieso kommt der Schreiberling dieser Story auf die Idee, dass die erwähnte Frau eine "Edelnutte" war? Genügten die beschriebenen "Argumente" wie Körbchengröße, braune Augen oder Spitzendessous für diese rasche Fern-Begutachtung?

Warum ist eine sehr gut aussehende Kellnerin im Nobel-Hotel " oder Spitzenrestaurant keine "Edel-Kellnerin"? Es werden auch attraktive Verkäuferinnen, Sekretärinnen oder hübsche Putzfrauen (die gibt es tatsächlich) als "Edel-" apostrophiert?

Der Herausgeber des Buchs war Jahrzehnte im Milieu und seine ("Edel"-) Frauen fickten mit mehreren Promis, aber kein Mensch hätte sie "Edelnutten" oder mich "Edel-Strizzi" genannt! Ich dealte (auch vor mehr als zwei Jahrzehnten) mit Koks und meine noble "Kundschaft" stammte durchwegs aus der "edlen" High-Society-, VIP- und Pop-Szene Österreichs (und auch eine der berühmtesten und "edelsten" Bands der Welt zählte damals zu meiner Klientel). War ich damals ein "Edel-Dealer", weil ich nur in "Edel-Lokalen" verkehrte, um meine "Star-Droge" Kokain an den Mann oder die Frau zu bringen?

Das gleiche Theater wird mit "Staranwälten" medial zelebriert! Ich spreche aus Erfahrung- so manche meiner "Staranwälte" unternahmen auf meine Kosten Weltreisen oder amüsierten sich für meine Honorare in Separees, wo auf Edelhaft (leicht zu verwechseln mit Ekelhaft) geschissen wurde.

Aber wo sollte der abendliche Ablauf eines "Star" (-Anwalts) nach einem obligaten Besuch im Atelier eines „Nobel"-Schneiders enden? Für einen "Star"(-Anwalt), jederzeit auf eventuelle Fotos von Paparazzi vorbereitet, ist natürlich der Besuch bei einem "Star-Figaro" ein Pflichttermin.

Dort kann er während der künstlerischen Arbeit des stadtbekannten Haar-Bändigers entspannt ein Gläschen Champagner schlürfen. Wenn sich schließlich der verwöhnte Magen mit einem leisen Knurren bemerkbar macht, ist der Besuch eines Nobel-Restaurants angesagt.

Nachdem der "Star" bei einem "Starkoch" seinen Magen beruhigt hat, lässt der Herr Star-Anwalt einen nicht ganz noblen Schas und besteigt seine nicht alltägliche "Edel-Karosse", um sich in einem diskreten "Nobel-Puff" bei einer diskreten "Edelnutte" zu entspannen. Wenn der Arsch für notwendig findet, auch mit nicht immer sanften Peitschenhieben...

Eine wahrhaft noble Welt, von der wir "Neben- oder Unterweltler" oft staunend lesen. Brühwarm zu- und aufbereitet von Star-Journalisten...

PS: Ich hatte während meiner stürmischen Vergangenheit einige "Staranwälte" engagiert und war, bis auf zwei, durchwegs zufrieden. Aber auch mit Top-Anwälten und ich glaube dieser Begriff trifft auf gute Anwälte eher zu als "Promi- oder Star-Anwalt". Hier will ich, wie in "Adieu Rotlicht-Milieu", den bereits verstorbenen und in den höheren Etagen der Wiener Unterwelt beliebten und oft auch benötigten Dr. Heinz Gerö erwähnen, der wie sein Vater Josef Gerö eine Zeitlang Interims-Präsident des ÖFB war.Er wurde nie als "Staranwalt" erwähnt.

Weil ich nach einem stümperhaften Querpass meiner Gedanken gerade beim Fußball angekommen bin, einige Gedanken zu den wirklich elitären "Nobel-Huren" dieses Sports...

I werd narrisch...

brüllte einst der beliebte und legendäre Sportreporter Edi Finger ins Mikrophon als Hans Krankl 1978 in Cordoba das sensationelle 3:2 gegen Deutschland bei der Fußball-WM schoss. So manche noch lebenden und von Demenz verschonten Altersheim- oder Pflegeheim-Insassen erinnern sich noch heute mit funkelnden Augen und klapperndem Gebiss daran.

Ich wurde damals, als 31jähriger, zwar nicht "narrisch", aber jubelte auch. Ich glaube es zumindest. Heute frage ich mich: Warum eigentlich?

Mir wurden die millionenschweren "Fußball-Nutten" im Laufe der vergangenen Jahre immer mehr scheißegal. Sie kicken doch nicht für ihren Verein, nicht für ihr Land (bei vielen ist fraglich, WAS ihr nicht immer geliebtes Vaterland überhaupt ist). So manche dieser käuflichen Herren zeigen auch in der Nationalmannschaft eine eher "staatenlose" Einstellung, indem sie einfach die jeweilige Bundeshymne nicht mitsingen.

Vielleicht singen viele nicht mit, weil sie einfach den Text nicht kennen? Werde bei passender Gelegenheit mal den Deutschen Özil fragen.

Da ich mir keine Matches dieser "Edel-Huren" mehr ansehe, weiß ich eigentlich nur aus dem Internet, da ich kein TV mehr schau, weil ich vielen Moderatoren einfach nicht mehr trau, über den Fußball Bescheid zu wissen.

Edelnutten sind, wie bereits beschrieben, sehr teuer, aber Edel-Kicker teurer als Edelsteine. Wie ein gewisser Neymar, der für kolportierte 220 Mio. Euro über den extravaganten "Ladentisch" ging. Über die Millionen-Beträge, die manche Manager, Funktionäre und "Kuppler" unterm Tisch kassieren, herrscht nicht nur bei der Mafia die berühmte Omertà.

Aber es gibt immer mehr "Fußballschwalben", die zu sehr begehrten und heiß gehandelten Edelnutten aufsteigen wollen. Je mehr Tore sie erzielen, umso mehr Präsenz in den internationalen Medien. Dazu die Beliebtheits-Skalen und Wahlen wie zum besten Kicker des Jahres, Ranglisten der Begehrlichkeiten von Klubs, Tor-Hitparaden, TV-Auftritte.

Sie sind heute überall zu finden, diese "Edel-Huren". In jeder Sportart, aber besonders im Fußball. Verbände, Vereine, Vereinigungen, Banken, Aktiengesellschaften, Vorstände, Manager, Mega-Konzerne aller Art, religiöse Machtzentralen, NGO`s, Lobbyisten und Parteien sind besonders elitäre Bordelle, in denen "Puffmütter" und "Koberer", aber auch die "Bugeln" und höhere "Angestellte" ein riesiges Vermögen scheffeln, von dem fast solid wirkende "Edel- oder Nobel-Prostituierte" nur träumen können. Auch, wenn sie noch so schön anzusehen sind. Aber so manche bauernschlaue "Edel-Prostituierte", die oft ergebnislos eine "Besetzungs-Couch" nach der anderen nutzlos nutzte, ist natürlich bei allen möglichen Partys "adabei" und nutzt ihre Schönheit als Köder, um sich einen berühmten Mehrfach-Millionär zu angeln. Nicht nur vermögende Stars, Produzenten, Fabrikanten und Erben, sondern auch einen Sportler.

Mein Nachwort: Liebe Fußballidioten! Kein Kicker schießt für den jeweiligen Verein, die Nationalmannschaft seines Landes oder gar für euch Tore! Nicht unbedingt, er stellt nur SICH in die internationale Auslage und fühlt sich eher als besondere Aktie, deren Kurs steigen soll...

Da werden aber auch im und am Rande des Spielfelds Milliarden umgesetzt. Viele Mega-Konzerne, Werbe-Agenturen, Medien und Aktionäre reiben sich die Hände. Genauso wie Brauereien und Gastronomen. Internationale Sportereignisse sind noch ertragreicher als illegaler Waffen-, Drogen- und Menschenhandel. Man frage mal die eisern schweigenden Funktionäre der FIFA und UEFA.

Aus lauter "Nächstenliebe" und "Patriotismus" gibt es bei Großereignissen wie einer Europameisterschaft oder WM in allen größeren Städten Public- Viewing samt der Möglichkeit, sich anzusaufen. Ganz nach dem etwas versteckten Motto: "Wollt ihr den totalen, wenn auch überteuerten Rausch?" Es ist auch schön live anzusehen, wenn manche Spieler sich bei Gott oder Allah für ein erzieltes, manchmal auch verhindertes Tor gestenreich, mit einem dankbaren Blick zum nicht immer blauen Himmel bedanken.

Von früh bis abends raten "Experten" hellseherisch im Radio und Fernsehen wie wohl diverse Mannschaften abschneiden werden. Da oft die Werbung für die vielen Sponsoren als Kulisse nicht ausreicht, gibt es natürlich immer wieder "kurze Pausen", um z.B. von glücklichen Gesichtern zu erfahren, wer gerne Dein Auto für ein paar "Netsch" kaufen will. Nach einem Spiel analysieren Experten im sportlichen Ruhestand, damit die ratlosen oder feiernden Fans vor den Bildschirmen, oft ohne Schulabschluss, auch verstehen, warum jemand statt ins Tor weit darüber geschossen hat und warum ihre Mannschaft verdient gewonnen oder unglücklich verloren hat.

Einkaufs-Schwank in Corona-Zeiten

Als ich kürzlich wieder einmal einen musikalisch untermalten Lebensmittel-Tempel, in dem man angeblich Geld "SPARen" kann, betrat, zog ich mir die vorgeschriebene MNS-Maske über mein von Koks und Fausthieben etwas lädiertes Naserl und das Goscherl mit den auffallend schmalen Lippen bedeckte ich ebenfalls. Dann tat ich das, was auch andere Kunden machten: Einkaufen.

Wie ich den ziemlich vollgefüllten Einkaufswagen (vier Flaschen Sodawasser, zwei "Schartner-Bomben" als Erinnerungsdrink an längst vergangene Jahre nahmen den meisten Platz ein. Fast hätte ich es vergessen: Ebenso drei Bananen) in Richtung der Kassen schob, bemerkte ich zwei ältere Damen (wahrscheinlich laut Geburtsurkunde jünger als ich, aber gemäß ihrem Aussehen hätte ich auf Ur-Omas getippt), die in der Nähe der Kassen standen als würden sie auf wen warten. Eine einzige Kundin am Laufband schob inzwischen ihr Wägelchen weiter Richtung Kasse und es war genügend Platz und Abstand hinter der Frau. Sogar mehr als die vorgeschriebenen zwei Meter. Eine der beiden alten Weiber (ich beziehe mich nicht auf diverse Hautfalten und etwas mehr als angegraute, kurze Haare im Altersheim-Look) wühlte in ca. drei Metern Entfernung auf einem Tischchen mit diversen Sonderangeboten wie Osterhasen aus Schokolade, die andere Alt-Schnepfe stand sogar ca. vier Meter vom verlockenden, leeren Laufband entfernt.

Ich war etwas irritiert, weil keine der beiden Stiefmütterchen (in ihrer Jugend wahrscheinlich "Mauerblümchen") Anstalten machten ihre Wägelchen vorwärts zu bewegen. Also stellte ich mich, natürlich mit dem vorgeschriebenen Abstand, ein sich im Hals ankündigendes Hüsteln unterdrückend, zu der gerade zahlenden Dame vor mir und wollte meinen bescheidenen Einkauf am Band "ins Rollen" bringen.

Doch da ertönte ein zweistimmiger Protest aus geifernden Mäulern (es waren garantiert keine süßen "Zuckergoscherln"). Sie erinnerten mich an Proteste lautstark demonstrierender "Omas gegen Rechts", obwohl ich die beiden Furien links "überholt" hatte.

Ich versuchte, mich zu rechtfertigen, doch da wurde eine zweite Kasse geöffnet und ich parkte meinen "Formel 999-Wagen" reaktionsschnell in der frei werdenden "Pole Position" ein.

In Zukunft werde ich mich vor klug- nicht Kuhfladen- scheißenden "Weidedamen" hüten und bei einem anstehenden Pflichtbesuch eines Supermarktes mich bereits mehrere Tage vorher nicht duschen. Das wäre nicht alles: Vorsorglich auch in eine extra zur Seite gelegte, leicht angeschissene und natürlich etwas verbrunzte Unterhose für den Fall der Fälle schlüpfen, eine Zehe Knoblauch zerkauen und während des Einkaufs für alle Kunden eine unsichtbare aber dafür eine aromatische Fahne schwenken: Die allseits bekannte Alkoholfahne...

Ich denke, da würde ich sogar höflich und anstandslos an einer längeren Warteschlange vorbei nach vorne zur Kasse gewunken…

Der (Volks) Partei-Tribun

und seine PR-Gags...

Der lange "Kurze", der zum Glück nie dem Rotkäppchen begegnet ist und sich dadurch die peinliche Frage des Teenagers "Warum hast du so große Ohren" ersparte, war schon vor der offiziellen "unfreien" Lokaleröffnung beim "Wiener Schnitzel-Papst" Figlmüller und zapfte dort für die Medien ein Fass Bier an. Natürlich ohne mit dem markigen Spruch "Ohzapft is" und ganz ohne "oans, zwoa, drei gsuffa", um nicht den jeweiligen Münchner Oberbürgermeister zu imitieren.

Wer wohl das "Probeglas" nach den Schnappschüssen austrank bleibt ein wohlgehütetes Geheimnis der anwesenden "Journaille". Bekanntlich gehören zum "anstoßen" mehrere Krügerln und auch Journalisten und die anwesende Security haben Durst. Ebenso die Polizisten. Aber vielleicht wurde das Krügerl erst, wie von Kurz höchstpersönlich verordnet, erst so richtig abgestanden, am nächsten Tag geleert oder "Basti" nahm es einfach mit und trank es, "Vurschrift ist Vurschrift", exakt 50 Meter vom Lokal entfernt. Vielleicht sogar in einer verborgenen Nische des Stephansdoms unter der Aufsicht seiner Mutter und des Dompfarrers? So nebenbei sei erwähnt, die Schnitzerln beim Figlmüller sind wirklich Extra-Klasse. Auch in der Preiskategorie. Vielleicht kann sich der Wirt nun auch, wie früher die "K&K"- (kaiserlich-königlich) Hof-Lieferanten nun " Kanzler & Kurz"- Schnitzel-Lieferant nennen?

Auch der alte Kaiser, der nie so fesch wie der Schauspieler Karl Heinz Böhm in den "Sisi"-Verfilmungen war (auch die Kaiserin sah nicht so hübsch wie Romy Schneider aus), mengte sich gerne unters Volk. Wenn auch nicht unbedingt unter jenes mit dem Anhängsel "gemeines Volk" und murmelte dabei vielleicht in seinen Bart "Mir bleibt nix erspart". Laut Chronisten und Historikern sein

Lieblingsspruch. Aber einiges wird er, wie der gesamte Hoch- Adel, auf Kosten des Volkes schon "erspart" haben.

Ähnlich mag vielleicht der Bundeskanzler am 19. Mai, bei der offiziellen Eröffnung der Gastronomie in der ebenfalls sehr bekannten und beliebten Prater- "Stelzen & Bierinsel", dem Schweizerhaus, gedacht haben. Natürlich in Anlehnung an den ehemaligen Außenminister Leopold Figl, der am 15. Mai 1955 anlässlich der Unterzeichnung des Staatsvertrags vom Balkon des Belvedere dem jubelnden Volk "Österreich ist frei" verkündete und das Dokument der begeisterten Masse präsentierte.

So besuchte der Kanzler mit seinem Vize und zwei Ministerinnen den berühmten, schattigen Garten des Lokals. Aus Schutz vor Autogrammjägern und Selfie-Süchtigen in Begleitung von ca. 20 uniformierten Polizisten und nicht gezählte in Zivil. Sie nahmen am gedeckten Tisch Platz und die Gäste, Journalisten, Kiebitze und Kellner waren vielleicht überrascht: Keiner der vier VIP-Gäste bestellte für sich das schaumigste und bestens temperierte und gurgelfreundlichste Bier zwischen Wien, Krumpendorf und dem ehrwürdigen Mösendorf. Wäre vielleicht nicht dem Politiker-Image entsprechend. Zumindest beim Vize, dem man laut Facebook eine Wein- Liaison nachsagt.

Ob diese prominenten Gäste beim Gang auf die Toilette sich auch in der üblichen Schlange von Wartenden, von denen schon einige sich auf die Füße traten, einreihten? Bier treibt bekanntlich die Blase zu Höchstleistungen an. Es gibt auch keine Berichte darüber ob die beiden Staatsmänner in einer Reihe neben anderen Gästen ins Pissoir pinkelten und das Zumpferl auch ordentlich "abschüttelten". Ein Rätsel wird auch bleiben, ob diese Gäste den Klofrauen einen ordentlichen Schmattes gaben. Merke: "Auch Häuselfrauen wollen leben, darum soll man ihnen etwas geben".

Wie auch dem Personal, das sie bediente. Ich denke jedenfalls dass keiner der Polit- Stars seine Brieftasche oder Geldbörse zückte und

"Bitte zahlen" rief. Aber da sind sie nicht allein: Stars lassen sich eben einladen und der bereits verblichene Niki Lauda (Der Herr wurde durch den Spruch "Ich habe nichts zu verschenken" und seinem Verlangen nach frischen Nieren berühmt) zahlte auch in keinem Lokal. Schließlich machte er in Zeiten von Smartphones Werbung für die Lokalitäten.

PS: Die versteckte Nachricht an Nazis, Corona-Leugner, Schwurbler, Covidioten, Deppen, Aluhutträger, schlecht und "gut" erzogene Einheimische, Grantler u.v.a. an diesem für mich eher denkunwürdigen Tag lautete eher "Österreichs behördlich kontrollierte Nasenbohrer fressen und saufen sich frei".

Mit siebzehn fing die Scheiße erst an...

Quo Vadis, Oida?

Ich sitze vor dem Maci (nicht dem mit den grauslichen Milchbrötchen), denke über einigen Blödsinn wie mehr oder weniger lustige oder beschissene "Schwänke" aus meinem verpfuschten Leben nach, die vielleicht auch meine Leser*innen interessieren könnten.

Was fällt mir aber ein? Das Buch "Quo Vadis", das ich einst als 14jähriger gelesen habe. Eine Zeit, als ich noch diesen Petrus-Schwachsinn Dank einem Religionsunterricht, der von einem pädophilen Lehrer an uns Kinder weitergeleitet wurde, glaubte. Okay, in diesem Alter wäre die Frage "Wohin gehst Du?" gerechtfertigt gewesen, wenn mein Vater sie mir mal unter vier Augen gestellt hätte. Aber er schwieg. Vielleicht, weil er mit höchster Wahrscheinlichkeit nicht mein biologischer Daddy war? Leider stellte ich ihm zu Lebzeiten nicht die "hochnotpeinliche" Frage "Quis es?". (Wer bist Du?)

Besonders die Anfänge der 60er waren eine Zeit, die ich heute als nun schon etwas älterer Herr nicht als besonders gut, aber eine doch bessere als heute beschreiben kann. Man sprach noch miteinander, schrieb Briefe mit der Hand, Lehrer teilten noch Ohrfeigen aus oder schlugen mit einem Lineal auf kindliche Finger und Zigaretten waren noch einzeln zu kaufen. Ein Zeitraum, in dem ich auf die Frage "Quo vadis" vielleicht mit unglücklichem Gesicht "In die scheiß Schule", etwas fröhlicher "in den Prater" oder freudig "in den Park, um zu kicken" geantwortet hätte. Dass ich es nicht verschweige: Ich ging auch öfters in die städtische Leihbibliothek am Praterstern und benützte Bücher für Zeitreisen und eine Flucht in andere, mir verborgen gebliebene Welten. In Familien mit Eltern, zu denen ich gerne Mutti und Papa gesagt hätte und deren Kinder ich beneidete.

Meine Fluchtrouten zogen sich um die ganze Welt. Ich war in steinzeitlichen Höhlen, Pfahlbauten, Bauernhöfen, Villen und Schlössern zu Hause. Ich besuchte Universitäten, rauchte mit Indianern die Friedenspfeife und hatte viele Freunde und Freundinnen. Wenn ich die Bücher zur Seite legte war ich der Fredi, der sich vor seinem Onkel fürchtete...

Eventuell wäre mir als Teenager auch geringschätzend "die gschissenen Schwuchteln aus unsern Park vertreiben" über meine zusammengepressten Lippen gedrungen. Damals war Homosexualität sogar noch strafbar. Der Strafrahmen betrug 1-5 Jahre. Österreich war übrigens eines der letzten Länder in Europa, in dem das Totalverbot für Homosexualität erst 1971 aufgehoben wurde.

Ich kann bis heute meine aus Scham verschwiegene Vergewaltigung als 11jähriger hinter einem Gebüsch des abendlichen Parks nicht aus dem Gedächtnis löschen. Allein die Angst durch diese Tat nun auch schwul zu werden, raubte meine kindliche Fröhlichkeit.

Wem hätte ich es auch sagen sollen? Meinen Eltern, dem Halbbruder, Freunden oder Schulkollegen? Ich solidarisiere mich heute mit vergewaltigten Frauen. Viele vertrauen sich ebenfalls oft niemand an, verschweigen diesen Schmerz, Ängste und besonders die tiefe Schmach und Schande. Fürchten das Getuschel, vielleicht auch den Hohn und Spott hinter ihrem Rücken durch Aussagen wie "sie seien durch ihr öffentliches Auftreten, sexy Kleidung, Alkohol- oder auch Drogenkonsum selbst schuld".

Viele glauben das auch mit der Zeit. Ich fühlte das gleiche, bis heute.

Viele ängstliche, traumatisierte Mädchen und Frauen verzichten deshalb auf Anzeigen und versuchen alles zu verdrängen. Oft auch aus Angst vor der Rache des Täters, seiner Familie und Freunde. Doch so ein Erlebnis lässt sich nicht "verarbeiten" und man wird es nie vergessen. Das meint auch meine Frau Ruth, die als Studentin ebenfalls vergewaltigt wurde und geschwiegen hat.

Vergessen? Höchstens durch eine ungewollte und nicht vorgesehene Reise ins ferne, aber so schrecklich nahe liegende Alzheim...

Damals stand ein sehr stark frequentiertes Brunz-Häusel im Venediger-Au Park beim Ausgang zur Ausstellungsstraße und "Woarme" (so sagten wir damals abschätzig zu heutigen Regenbogen- und warme Eislutscher-Fans) starrten uns Buben in kurzen Hosen wie in einer Buben- Peep-Show beim Kicken an. Wenn sie nicht mal zur Abwechslung mal die nach Urin und Scheiße stinkende "Loge" aufsuchten und mit glänzenden Augen auf in Handbetrieb befindliche Schwänze starrten.

Meine "Stamm-Leser*innen" wissen bereits, dass ich mir dort 1964, also mit 17, wegen eines lästigen Schwulen meinen ersten einjährigen Häfen-Aufenthalt verschaffte statt mit Freunden das Panorama Kino am nahen Praterstern zu besuchen.

Mit den oft besungenen "siebzhen Jahren" fing mein beschissenes "Gauner-Leben" eigentlich erst so richtig an. Besonders als eine eiserne Zellentür das erste Mal hinter mir zuschlug und ich mit 17 auf einer Pritsche schlafen musste.

Damalige "Stars" hoben dieses "Alter" auf einen Schlager-Thron. Ivo Robic sang "mit siebzehn fängt das Leben erst an". Eine gewisse Peggy March trällerte "Mit siebzehn hat man noch Träume" und natürlich durfte das Milchbubi Peter Kraus "Mit siebzehn" nicht fehlen.

Noch heute erinnern sich auch jüngere Leute an "Siebzehn Jahr, blondes Haar" vom unvergessenen (ob es in hundert Jahren auch noch so sein wird?) Udo Jürgens. Besonders süße, siebzehnjährige Blondinen des Jahrgangs 1948 fühlten sich angesprochen und träumten 1965 mit und von Udo und wären gerne "vor ihm gestanden". Er sang sich mit diesem Lied tief in die Herzen seiner

(Teenie-) Fans. Ich war damals ja auch noch einer. Manche "Zeitzeuginnen", ehemalige süße Blondschöpfe, sind heute ergraute, ältere Damen, die nicht mehr von Brust-Implantaten träumen, dafür aber immer noch von Udo.

Ich denke in dem leicht "erwärmten" Zusammenhang auch daran zurück als Elton Johns Song "Nikita" die Charts eroberte. Jeder, der nicht nur das Jugendmagazin "BRAVO" abonniert hatte, "vermutete", dass der Superstar dabei nicht wehmütig an eine hübsche russische Soldatin namens Nikita dachte, wie es im dazugehörigen Video den Teens suggeriert wurde. Es waren aber "vermutlich" Erinnerungen an einen schönen, jungen, knackarschigen Russen mit rasierten Augenbrauen und Gogerln (Hoden) und einem Körper wie der mythische Gott Apoll. Ich vermute ein Tänzer. Aber bitte nicht weitersagen, denn es könnte auch ein Friseur, Kellner oder Stricher gewesen sein.

Auch ich liebte früher mal Russen: Marinierte, saure Heringe, die bei der Produktion gemeinsam mit Zwiebeln in ein Glas gepfercht wurden und gerne als Katerfrühstück verspeist wurden.

Die damalige Welt war aus meiner heutigen Sicht in Ordnung. Auch Unordnung ist eine gewisse Ordnung. Alles nur eine Sache der Gewöhnung. Trotz der damaligen Kuba-Krise und einem wütenden Herrn Ministerpräsident Nikita Chruschtschow, der 1960 in New York seinen Schuh auszog (keine Ahnung ob es der Linke oder Rechte war?) und vor der UNO-Vollversammlung am Rednerpult damit ein Live-Trommelkonzert lieferte. Wie hätte es sich wohl angehört, wenn er auch den zweiten Schuh wie ein Schlagzeuger benützt hätte? Wenn dann auch noch ein paar Joints friedlich die Runde gemacht hätten, wäre sicher eine friedliche Stimmung eingekehrt und die Abgeordneten hätten vielleicht sogar getanzt und sich Witze erzählt.

Jaja, die Sechziger, in denen der 19. Mai noch ein Tag wie jeder andere war. Nicht der "Bossa Nova", der 1963 mit Hilfe von der Sängerin Manuela sogar für mehr als sieben Wochen die Tanzflächen und Hitparaden kurzzeitig eroberte, "war schuld daran", was das Schicksal (manche sagen Gott oder Zufall dazu) mir an "Pleiten, Pech und Pannen" bescherte und so manche Frau dabei mitnahm...

Als nicht besonders leidenschaftlicher Masochist beschritt ich nach der Haftentlassung aus dem Jugendknast einen steinigen, eigentlich unpassierbaren Weg, der mit wuchernden Brennnesseln und Dornen überwuchert war. Wenn mich heute wer fragen würde, wohin mein bald endender, irdischer Weg nun führt, würde ich mit "Bis ans Ende meines persönlich angelegten Irrgartens ohne Ausgang- dort werde ich schließlich in eine 1,80 Meter tiefe Grube plumpsen" antworten. Falls es wen interessiert: Ich glaube, laut Gesetz muss ein Grab 1,80 Meter tief sein.

Heute wird die uralte, fast schon bohrende Frage "Quo Vadis" in vielen Sprachen und Dialekten hauptsächlich von misstrauischen Frauen an Männer gestellt, wenn die sich abends noch "in Schale werfen" und allein ausgehen wollen. Aber wahrscheinlich nicht so oft wie ein wütendes "Wo warst du?" (Ubi eras) und lallende Männer mit "In vino veritas, hicks" antworten und aufs Häusel torkeln, um zu kotzen...

PS: Falls es meine Leser*innen interessiert: Der römische Historiker Tacitus beschrieb, wie Germanen bei Ratssitzungen immer Wein tranken, weil sie glaubten, niemand könnte effektiv lügen, wenn er betrunken ist.

So, jetzt trinke ich auch mal ein Glas Wein...

Den heiligen "Sonntagsschmaus" schon eingenommen?

Also in der Kirche ein Stückerl vom Leib Christi genascht? So richtig im Mund zergehen lassen? Natürlich mit reinem Herzen, also vorher einem vielleicht erregten Herrn im Weiber- Rockerl gebeichtet wie oft Du onaniert, voyeurisiert, oder einfach mal eine Hure gefickt hast. Oder vielleicht auch nur daran gedacht hast, wie schön es doch wäre mit einem kleinen Mädchen oder süßen Knaben, einer Sex-Sklavin, der Nachbarin oder gar mal mit einem Tierchen es zu treiben?

Für eine echt reuige Beichte wäre es für den Sünder sehr empfehlenswert, dem im kleinen Kammerl hockenden, fremden Mann, der angeblich wegen "hoher Würden" Hochwürden genannt wird, Folgendes zu gestehen:

Denn der Sex mit der eigenen Ehefrau dient nicht immer der Produktion von Bangerten, sondern in den allermeisten Fällen wegen immenser Geilheit und vielleicht, ich schlage mit zitternden Fingern ein auf meiner Stirne verwackeltes Kreuz und murmle inbrünstig *"Gott behüte und bitte verhüte"*, wegen der andauernden, sexuellen Phantasien und Praktiken, die nur der Wollust huldigen und nicht Gottes befohlener Askese dienen. Milliarden von Sündern lassen das lodernde, aber toxisch und biologisch unschädliche Feuer der Hölle niemals ausgehen. Ein wahrer "Dauerbrenner"...

Auch die süßen Teufelinnen werden sich kaum verkühlen. Was uns verschwiegen wird: Wie arm muss eigentlich ein lauschender Pfaffe sein, der sich im Namen eines Geistes, den er nicht einmal persönlich kennt, all diese Gelüste anhören und schließlich, als "Stellvertreter Gottes", viele Schweinereien auch "vergeben" muss? Wie sehr muss es ihn nach dieser mentalen Quälerei im engen Beichtstuhl danach gelüsten, endlich zu beten und sich selbst von all diesen (auch schönen) Sünden abzulenken? Nicht einmal von ihnen zu träumen. Vielleicht mit der Hilfe eines Flascherls gepflegten Blutes von einem gewissen Jesus....? Das wird den Gläubigen nämlich verwehrt. Die müssen sich mit dem Stück geschmacklosen, ganz ohne Gewürze zubereiteten und auf der Zunge klebenden Leibes, also einem hauchdünnen Stück Hostie zufrieden geben und können sich abgefülltes "Blut" sogar in Originalfarbe nach der Messe beim vielleicht benachbarten Kirchenwirt bestellen…

Ein Freund von mir geht oft, ich glaube zweimal, in die Kirche beichten und schildert seine sündigen "Sex-Praktiken" sehr ausführlich. Er sieht durch das abschirmende Gitter sogar die Wangen des Zuhörers im Beichtstuhl erröten und manchmal hörte er sogar ein leises Stöhnen aus der sperma- und sündenfreien Zone.

Ein Freund ist übrigens schon lange kein Vereinsmitglied des Märchen-Vereins, sondern bei Rapid-Wien aus St. Hütteldorf. Ein Heiligtum für Tausende. Es macht ihm einfach Spaß, beichten zu gehen, obwohl er die "reinigenden Gebete" zum Nachlass der "Sünden" nie betet und mit einem schelmischen Grinsen den unheiligen Ort verlässt während der Pfarrer vielleicht Gebete spricht, um seine Dauer-Erektion zu bekämpfen.

Mein Freund traf Hochwürden nach seiner zweiten Jux-Beichte schon vormittags zufällig im örtlichen Laufhaus, wo er als Security arbeitet, wieder. Mit Hut und einem falschen Bart maskiert. Vielleicht haben sie sich beim nächsten Beichtstuhl-Treffen einiges zu erzählen, äh, natürlich zu beichten... *Frei nach Inspektor Kottan: "heiligen Geist gibt`s kan"

Der mich inspirierende Ernst der satirischen Story:

Heiliger und Kirchenlehrer Augustinus von Hippo (354 – 430):

...Für ihn war Sexualität etwas Sündhaftes, dabei hatte er vor allem die sexuelle Lust im Blick. Diese Einstellung erklärt sich aus seinem Lebenslauf: Bevor Augustinus Christ wurde, hing er dem Manichäismus an. In dieser Religionsströmung wurde alles

Körperliche verteufelt und Askese gepredigt. Der vergeistigte Mensch galt als Ideal. Diese Einstellung brachte Augustinus nach seiner Konversion in das Christentum ein. Er fand: Alles, was nicht der Vernunft gehorcht und sich ihr unterordnet, ist sündhaft. In seinen "Bekenntnissen" beschreibt er recht detailliert seine Erfahrung, dass sich Sexualität nicht der Vernunft unterordnet – denn bei ihr verliert der Mensch die Kontrolle über seine Körperfunktionen. Deswegen war sein Urteil klar: Sexuelle Lust ist Sünde. Aus seiner Sicht hatte Sexualität nur in einer Hinsicht eine Berechtigung: Wenn es einem Ehepaar in diesem konkreten Moment um die Zeugung von Nachkommen ging. Sonst degradiere Man(n) die Ehefrau zur "Dirne"

Quelle: https:// www.katholisch.de/artikel/22636-der-kampf-der-kirche-mit-der-sexualitaet

Sinnbefreiter Schwachsinn...

Langsam werde ich, leider etwas spät, doch zum Erwachsenen. So demolierte ich gestern mein erstes und letztes Dreirad und warf den Schnuller weg, bevor ich ins Gitterbett kroch. Ich nahm doch viele Jahrzehnte mein Leben, auch das von anderen, selten ernst.

Es fehlt das Wort "leider" im letzten Satz. Eigentlich sollte fettgedruckt "Leider auch ein kleines Oarschloch" dort stehen. Was andere über mich sagen, interessiert mich kaum, aber ich sagte es heute zu meinem mich auslachenden Spiegelbild, das ich eines Tages auch nicht mehr sehen werde.

Ich weiß nicht einmal ob ich den Tod, der schon ein Auge auf mich geworfen hat, ernst nehme. Das Universum besteht angeblich seit 4,5 Milliarden Jahren und ich merkte bis heute nicht, dass ich diese lange Zeit eigentlich auch so etwas wie tot war. Diese Frist verging wie im Fluge.

In meinem bisherigen Lebenszeitraum löste fast täglich ein unlustiger und ungewollter Blödsinn den nächsten ab. Seit ich 1996 "Radio Blödsinn" gründete, veröffentliche ich vielen Schwach-, Irr- und Blödsinn. Meine im Gehirn produzierten Gedanken sind nicht hinter den Gittern von Alcatraz oder Guantanamo inhaftiert, sondern Dank einer von mir an mich gerichteten Petition endlich frei...

Nun mal einige fast unhistorische Berichte und Betrachtungen aus dem künftigen Archiv von "Radio Blödsinn- Chefreporter Blödmann". Er wurde durch meine Vetternwirtschaft bevorzugt, denn er ist mein eineiiger Zwillingsbruder...

Der ca. 399ste Tag, -es könnte auch der 400ste gewesen sein-, der von ganz oben (nicht im Himmel) verordneten Isolationshaft bricht an.

Die etwas trügerisch scheinende aber noch ziemlich unentschlosse- ne Sonne- sie versteckt sich phasenweise hinter einigen Wolken- ließ nicht nur die Heizung erkalten, sondern auch die noch nicht vergessenen Gewohnheiten und Alltags- Gefühle wie Gähnen, im Sitzen pinkeln und laut furzen (ich habe ein fast schalldichtes Bade- zimmer). Erwähnt sei auch das Gesicht zu waschen, die im Glas ge- parkten Zähne zu putzen und das Verlangen nach einem Espresso und "an Tschick" stillen.

Kein "guten Morgen-Lächeln" und Sehnsüchte erwachen aus ihrer amtlich aufgebürdeten Agonie. Viele in Fleisch und Blut - Meine Blutgruppe ist 0 Positiv - übergegangenen Gewohnheiten werden durch einen bereits schon sehr, sehr lästigen und noch dazu geruchs- und geschmacksraubenden Virus in die Defensive gedrängt. Das grenzt eigentlich schon an Freiheitsberaubung durch einen mit freiem Auge nicht wahrnehmbaren Schmarotzer, der sich ganz ohne Genierer in Deinen Organen niederlässt. Wie übrigens auch unverschämte Krebs-Zellen. Diese "Gesetzesübertretungen" würden aber keinen Juristen, sondern höchstens Psychiater und Psychologen interessieren.

Das "Gute" an der von Politikern, Stars, Experten, Pharma-Industrie und Medien verbreiteten Massenhypnose: Ich roch meine eigenen, aromatisierten Fürze kaum. Besonders, wenn die Entlüftung eingeschaltet ist.

Wenigstens kann man in sozialen Netzwerken einen "guten Morgen" an Freunde posten, die man kaum bis gar nicht kennt. Samt einem freundlichen Smiley, Selfie, Fotos vom Frühstücks- Bier oder der Tasse mit nicht immer cremigem Kaffee. Da freuen sich natürlich alle, die sich angesprochen fühlen und wünschen auch einen schönen Morgen. Manche User sogar einen "wunderschönen Morgen" samt einem der soooo sehr beliebten und natürlich schöööönen Katzen-Bilder.

So, ich bin wenigstens erleichtert, weil ich einigen unnötigen Ballast aus meinem Hirn unter meine Leser*innen geschmissen habe. Auch, um etwas "Licht in manches Dunkel" zu bringen...

*

Ich sitze wieder mal vor meinem Mac, schreibe das eben Gedachte nieder und schiebe meine nicht nur altersbedingten Wehwehchen einfach beiseite.

Eigentlich sollte ich so manches ärztlich untersuchen lassen, aber ich konzentriere mich auf das Wort "Corona", was heutzutage für die angeblich am meisten gefürchtete Todesursache Nummer 1 steht und andere Krankheiten wie Influenza, Krebs, Herzinfarkte, Schlaganfälle, Suizide, Unfälle, der "Wiener Würsteltod" etc. führen kaum mehr zu einem Eintrag in einem amtlichen Totenschein.

Corona spielte schon Anfang der 90er bei mir, der als Mann mit dem Koks und Schmäh in der Kunst (mir was vorbei bringen?) - Szene bekannt war, eine relativ große und eigentlich nicht unangenehme Hauptrolle: Jede private VIP-Koks-Party mit betuchten "Jungunternehmern", erfolgreichen Berufssöhnen oder so manchen sich selbst hochjubelnden Stars der Kategorie "Hohes A-tiefes C" aus der Kultur- und Musikszene leckten Salz, zuzelten an einer Scheibe Zitrone und nuckelten glucksend an der durchsichtigen Corona-Bierflasche, deren goldgelber Inhalt mir ein optimistisches "Tío, el sol está brillando" -Oida, die Sonne scheint- vorgaukelte.

Lebenslust, sexy "Groupies" und der Musiksender MTV rundeten die fröhlichen Partys ab. Das bekannte mexikanische Kult-Bier und natürlich reichlich Tequila ebenso. Auch so manch lebensfrohe, freiwillig arbeitslose Mexikanerin und sogar atheistische VIP-Vereinigungen lieben die Dreifaltigkeit von "Koks, Tequila und Corona-Bier". Zumindest war es in den 90ern so.

Gähn.....

Nach den obligaten "Nicht guten Morgen"- Tabletten, zwei Kaffee und einem nicht mehr ganz frischen Croissant habe ich vor der Haustür mit einem selbst gestopften Glimmstängel meine schon lädierte, aber nach gesundem Teer schon süchtige Lunge für einen kurzen Moment zufrieden gestellt und, weil es in einem Aufwaschen geht, auch die Kärntner Luft mit angeblich 79 krebserzeugenden Giften und natürlich einem Priserl CO_2 versaut. Ich hörte aufmerksam den lauten Rufen einer scheinbar einsamen Ringeltaube zu, die wahrscheinlich noch nichts von der "11-Minuten-Partnersuche" im Internet gehört hat.

Sie gurrte ihren Frust, Verzweiflung, Einsamkeit oder Sehnsucht nach einem Täuberich mit "„Gru gu gugu, gu gru gu gugu 5 Mal laut und 1 Mal "hu" etwas leiser, aber sehnsuchtsvoll aus. Wenn es wen interessieren sollte: Ringeltauben können eine Hörweite von bis zu 3000 Metern erreichen, aber diese saß maximal 50 Meter entfernt gegenüber auf einem Hausdach.

Ich konnte ihr leider nicht helfen. Oder war es vielleicht ein "Er"? Egal, schließlich will ich nicht wie ein Bewohner der Stadt Sodom enden und meine vielleicht neugierige Frau soll nicht wie Frau Lot zur Salzsäule erstarren...

*

Du würdest natürlich nie die strenge Kammer einer Domina oder eines Masters aufsuchen oder Du willst es nicht zugeben. Du willst natürlich niemals in einen Käfig gesperrt werden, um mit hechelnder Zunge um unsanfte Streicheleinheiten mit einer peinigenden Peitsche um Deine Befreiung zu betteln? Du würdest niemals auf Befehl von Herr*innen als orgiastisches Liebes-Dessert liebevoll Zehen, Ärsche, Beidln oder Muschis lecken und frische Pisse schlürfen?

Natürlich nicht in der Realität, aber Phantasien kennen keine Grenzen der von Religionen indoktrinierten Moral und deren Begriffe.

Irrtum, lieber Phantast! Du kniest schon lange vor erziehenden "Dominas" und strengen "Masters". Auch wenn die dominanten Damen und Herren nicht in Latex oder Leder gehüllt sind. Du leckst doch schon Zeit Deines Lebens imaginäre Ärsche, kriechst sogar in manche und denkst, dass all die geleckten Ärsche ja nur dein Bestes wollen.

Psychiater sagen zu solch einem devoten Verhalten, in dem man sogar für seine Peiniger Verständnis aufbringt, "Stockholm-Syndrom". Auch, wenn Du diese schwedische Stadt noch nie besucht hast, du bist im Fadenkreuz des Syndroms. Oder des Systems...?

Die ersten Menschen erfanden auch die ersten Götter...

Die "perpetuum mobile"-Sage...

Meine Oma sagte mir, während ich an der Milchflasche nuckelte, was ihr als Kind ihre Oma erzählte. Eine Geschichte, die schon ihre Oma vom Pfarrer erfuhr: In der Bibel steht Sagenhaftes, was schon vor ca. 2000 Jahren ein gewisser Matthäus sagte.

Der etwas grimmige "Märchen-Prinz" "Matte-Matthäus" wiederum sagte das, was ihm ein gewisser Geist ins Ohr geflüstert hat: (Folgende Zeilen wurden im neuen Testament zensuriert und geschwärzt. "Radio Blödsinn" konnte diese unheilige Schrift entziffern).

Dass er, der Heilige Geist, bereits 9 Monate vor Christi Geburt bei einem Wolkenfest zu viel "Blut des bald erscheinenden Herrn" intus hatte. Dies führte zu einem etwas geistesabwesenden Seitensprung mit einer verheirateten, aber doch jungfräulichen Frau des wahrscheinlich impotenten Tischlers Josef. Er schenkte ihm dafür einen Sohn namens Jesus und musste keine Alimentationszahlungen leisten und Maria ersparte sich die doch etwas schmerzhafte Steinigung wegen Ehebruch.

Matthäus, einer der größten Wichtigmacher der Weltgeschichte, erzählte elf anderen jungen Männern, dass es sich um den unehelichen Sohn Gottes handle. Diese wiederum gaben ihr Wissen an viele, viele andere Leute weiter. Nach fast 2000 Jahren erfuhr es schließlich auch meine Oma, die es eben mir erzählte...

Mir ist der andere Matthäus bedeutend lieber: Derjenige, der sogar das Glaubensbekenntnis erfolgreicher Profi-Kicker - "Glaube an den nicht schnöden Mammon"- penibel befolgt und auch danach lebt: Der Lothar Matthäus...

*

74

Opa sagte eines Abends zur Oma, dass er befürchte, an Zucker zu leiden, denn seine Unterhose weise oft weiße Flecken auf. Darauf erwiderte die Oma ratlos: Dann ist in meiner vermutlich Kakao.

Als Chefredakteur von "Radio Blödsinn" will ich mal ein echtes Tabu-Thema unter die alte, zerkratzte und stets angelaufene Lupe nehmen:

Besonders Stars, Promis und Wichtigtuer trinken gerne vor geilen Lustspielchen im Bett zur Stimulierung der Phantasie und anderer "Sachen" ein, zwei, oder mehr Gläschen mit berauschendem Inhalt. Manche saufen sogar ein, zwei Flaschen leer und viele genießen dazu auch Briefchen ohne Absender und Briefmarken. Flaschen haben in Wien oft verschiedene Bedeutungen. Der echte Vorstadt-Wiener sauft nicht nur gerne mal aus einer "Floschn" oder einem "Flascherl" mit billigem Fusel aus dem Supermarkt, gutes Aktions-Bier, süffigen Wein, Sekt, manchmal Champagner oder nicht immer gesundes Mineralwasser, sondern teilt manchmal auch gern "a feste Floschn" aus. Deutsche sagen Ohrfeigen dazu.

Soll keine Anlehnung an den ehemaligen Bayern-Spitzentrainer Giovanni Trapattoni sein, der dem Ganzen ein italienisches Chianti-Aroma verlieh: Seine Ausdrücke "Flasche leer", "Ich habe fertig" und "Was erlauben Strunz?" gingen in die Annalen der Sportgeschichte ein.

Die wenigen noch lebenden Hans Rosendahl-Fans würden im Chor "Das war Spitze" brüllen. Als Spaghetti-Fan (nur nicht al dente!) sage einfach und bescheiden "bella scelta di parole" (schöne Wortwahl)!

*

Viele Promis sind auch süchtig. Sie suchen ständig nach den üblichen Suchtmitteln wie Geld und nach Möglichkeiten, immer wieder in den Medien erwähnt oder im TV gesehen zu werden. Ein paar Jointerl, einige Naserln oder gar eine blaue Pille werden von meist befreundeten Society-Journalisten diskret verschwiegen. Schließlich zerstört eine Nasenscheidewand freundschaftlich eine andere. Man will ja nicht am "only for Stars" reservierten Pranger stehen. Gegen ein offizielles Foto, auf dem man mit einem Haserl ein Glaserl Schampus (natürlich kein billiger Sekt!) im plätschernden Whirlpool schlürft, ist weder moralisch noch behördlich das Geringste einzuwenden, doch Vorsicht:

Den Zusammenhang der Wirkung zwischen Suff und Potenz kannte schon der Dichter William Shakespeare: „Es weckt die Begierde, aber hemmt den Vollzug". Der arme William kannte damals noch nicht die Erfolge der Pharma-Kartelle.

Aus vielen Schilderungen und eigener Erfahrung mit Koks (zu meinem Glück liegt das schon sehr lange zurück) weiß dies auch ich. So manch Großes, Hartes und Stattliches, oft ein beliebtes Blasinstrument, aus dem kein Ton austritt, beginnt nach einer entspannenden "Pistenfahrt" oft zu schrumpfen. Aus purer Lust wird reiner Frust! Anfang der 90er hatte ich einige schottische "Vollzugshemmer" intus, doch nach ein, zwei Gramm vom "Weißen" wurde ich so richtig kopfgeil und besuchte mit ausgetrockneter Nase entweder ein nettes Puff oder gönnte mir ein gemütliches Sèpareè in meiner damaligen Stamm-Bar, dem "Queens Club" † am Gürtel.

In dieser Nacht sponserte ich vier international anerkannte "Sexpertinnen" und schnupfte in Folge zwei weitere Gramm "Gehirn-Viagra". Beim fünften Mädel, der Haarfarbe nach zu schließen eine Afrikanerin, klappte es endlich. Wenn auch nur halbwegs mit einem Halbweichen. Wahrscheinlich hatte die Dame einen von einem Medizinmann gemixten Zauberspruch aus ihrer Heimat für Männer wie mich parat?

Als guter Gast und "Skipisten- Restaurateur " durfte ich sogar in der Morgendämmerung ein Schläfchen halten, bis mich zu Mittag eine

Putzfrau weckte. Es war wirklich eine Putzfrau und keine geile "Sau". Reimt sich sogar auf Frau...

Zu dieser Story fällt mir noch folgendes ein: Vor langer Zeit behauptete der fast glaubwürdigste Präsident der Vereinigten Staaten, Bill Clinton, er habe den Mund seiner Praktikantin nicht als Tschuri- Entsorgung benützt. Er gab auch mit offenen Augen und treuherzigem Blick zu, früher einmal, in lustiger Bettel-Studenten-Runde (in den USA ist es fast ein "Muss", einer Studentenverbindung anzugehören) bei einem unbescheidenen Festerl an einem Joint gezogen zu haben. Aber natürlich habe er den Rauch nicht inhaliert, sondern einfach nur, solidarisch gemeint, raus geblasen. Bill hatte scheinbar ein gestörtes Verhältnis oder Erinnerungsvermögen in Sachen "blasen".

Was der Clinton kann, kann ich auch! Also behaupte ich nun:

Was ich vorher erzählt habe, stimmt nicht! Ich habe zwar am Kokain gerochen, aber mir nie etwas reingezogen und bei den Damen nahm ich nur "Sprachunterricht". Mit lockerer Zunge in Französisch...

*

Manchmal stelle ich mir als unverantwortlicher "Radio-Blödsinn"-Chefredakteur" natürlich auch blöde Fragen, die niemand beantworten kann und mit denen sich auch geistig hochstehende Kapazunder wie ein gewisser Darwin oder Einstein scheinbar nicht beschäftigten. Vielleicht hat aber ein einfacher, wissenschaftlich unbeachteter Anthropologe auf der Basis meiner Fragen sogar seine Doktorarbeit geschrieben?

Als philosophischen Amateur- Filosof würde mich brennend (mir wird schon ganz heiß) interessieren wie ehemalige Affen, die im Laufe der Evolution langsam zu großteils unmenschlichen Menschen mutierten und ihre Schlafbäume gegen Höhlen in guter Lage eintauschten, ihre Fuß- und Fingernägel, eigentlich Krallen, ohne Messer, Scheren oder Clipper wohl kürzten?

Geduldiges Fingernägel kauen könnte bei den Pranken erfolgreich eingesetzt worden sein, doch was geschah mit wild wuchernden Zehen-Krallen? Vielleicht kauten Herr und Frau Urahn in einer 69er-ähnlichen Stellung sich gegenseitig die Zehennägel ab und genossen dazu als Beilage den "Zehenkäse" (Zechenkas) des Kau-Partners? Die sehr allgemein vertretene Meinung, dass sich die Nägel durch viel Arbeit, lange Jagdausflüge und ständige Höhlen-Renovierungsarbeiten stetig abnutzten, bestreite ich als eine Theorie. Aber vielleicht wird einmal eine Höhlen-Zeichnung als Beweis gefunden, die diese Frage klärt.

Sie fehlen aber wie Gottesbeweise.

Noch eine Frage bewegt mich als "Fast-Kosmopolit": Warum ich mich als Österreicher oder Europäer erklären muss. Unsere Urahnen, die nicht einmal wienerisch sprachen, da es Wien noch nicht gab, waren Afrikaner. Von dort stammen auch die eher mit Affen verschwägerten ersten Ur-Menschen ab. Prof. Dr.Dr. Dr. Google meint, dass vor ca. 6 Millionen Jahren menschenähnliche Kreaturen mit Affen um biologisch wachsende Bananen kämpften. Der mehrfache Doktor meint auch, dass alle Hominidenfunde, die älter als 2 Millionen Jahre sind, in Afrika ausgegraben wurden.

Aus dem Herrn und Frau Homo Erectus entwickelte sich langsam der Homo Sapiens. Ja, Sie lesen richtig: Lauter "Homos".

Der Prototyp des modernen Menschen, der vor etwa 120.000 Jahren Afrika verließ und nach Indien, in den Nahen Osten und Europa wanderte, verbreitete sich ohne Navi, Schiffe und auch Schlepper wie ein Virus auf der ganzen Welt.

Seine extreme Anpassungsfähigkeit und bahnbrechende Erfindungen wie Steinäxte machten ihn seinen verwandten Arten, wie auch den Neandertalern, überlegen.

Noch eine Frage quält mich: Wie hießen wohl die ersten Götter, welche die ersten Menschen erfanden und wie viele Gött*innen starben allein in den letzten 150.000 Jahren und gerieten in Vergessenheit?

Vermutlich wurden die Sonne, der Mond, Sterne, verschiedene Tiere, fruchtbarer Boden, Vulkane, Stürme, Blitze, Feuer, Quellen, Hitze- und Kältewellen angebetet. Vielleicht auch Cannabis, Mohn oder Kokablätter ? Doch wie die vielen, viel zu jung verstorbenen Götter hießen, wusste nicht einmal Moses, Matthäus oder mein ehemaliger, schwuler Religionslehrer .

Eine der zahlreichen Fragen, die ich eigentlich auch nur mir stelle und nun veröffentliche: Wie viel hunderttausende Vorfahren des Neandertalers mussten unwissend sterben, bis sie herausfanden, dass Tollkirschen eigentlich gar nicht so toll sind und der Verzehr eines schönen, roten Pilzes zu einem gar nicht schönen Tod führt?

Da hatte es ein gewisser Fred Feuerstein als sympathische Cartoon-Figur schon leichter. Ein unreflektiertes Relikt aus erfundenen Zeiten, in denen Menschenkinder noch mit Sauriern spielten und "Fredy Dino" es zum Publikumsliebling brachte. Ein Flugsaurier erfüllt seinen Job als Tonabnehmer, indem er seinen Schnabel in die Rille der abzuspielenden Schallplatten hält, den Rasen schneidet eine willige Riesenkrabbe und unter der Küchenspüle hockt als lebender Mistkübel ein grünes Hängebauchschwein. Gut erzogene Mammuts sprühen Duschwasser aus dem Rüssel, waschen Fredys Auto und gießen den Rasen. Eine echt harmonische Kleingarten-Idylle samt netten Nachbarn und Freund Barney Geröllheimer. Dass die Menschen noch vor 6000 Jahren wirklich mit Sauriern zusammenlebten, glauben heute noch die streng gläubigen Evangelikalen (sind "nur" ca.80 Mio.) in den USA, die als bibeltreue Supermacht den Darwinismus entschieden ablehnen, der besonders in vielen Schulen von republikanisch regierten

Bundesstaaten verpönt ist. Schließlich könnte der Mensch auch von einer gemeinen Wildsau stammen...

Satiriker zu sein ist nicht immer fein...

Da hatten es die "alten" Komiker und Kabarettisten wie Karl Farkas und Maxi Böhm doch etwas leichter. Da lachten Linke, Rechte, Katholiken, Juden , Atheisten und auch die von Großvätern aus Brünn geholten Damen, die bald zu "bissfesten", aber nicht immer bissigen Weanerinnen wurden, um ihren Männern echte Wiener Spezialitäten wie Powidltatschkerln a la Tschechoslowakei zuzubereiten. Davon sangen noch viele bereits verstorbene Sänger, die keine Ahnung davon hatten, dass Tschechien und die Slowakei heute souveräne Staaten sind. Zeiten, in denen der Begriff Kebap oder Döner in den ehemaligen K&K-Ländern fast noch ein Fremdwort war.

Die Betonung liegt natürlich auf "fast". Heute traut man sich ja nicht einmal Witze über dieses orientalische Finger-Food zu reißen, wenn man kein "Surensohn" ist...

Im Übrigen: In Völkermarkt kann man sich in Zeiten des "Lock Downs" Dank türkischer Mitbewohner das Kebap und mehr nach Hause liefern lassen. Schweinsbraten-Liebhaber müssen halt "umsteigen".

Was wäre früher bloß geschehen, wenn Publikumslieblinge wie Helmut Qualtinger auf der Bühne des Simpl folgendes im s/w Fernsehen gesagt hätten: Die türkische Fluglinie heißt „Döner Hebab". Oder gar solche Witze in einem Sketch verarbeitet hätten:

„Was hört man, wenn man an einer Muschel lauscht?

Meeresrauschen.

Und was hört man, wenn man an einem Döner lauscht?

Das Schweigen der Lämmer."

Kaum wer hätte applaudiert, ein "Schweigen des Publikums" wäre die Folge gewesen. Denn keiner der "Hurensöhne", deren "Mütter fast schon dauerhaft gefickt" werden, hätten im Entferntesten geahnt, was oder wer hier gerade verarscht wird.

PS: Schweigen der Lämmer? Stimmt nicht, sie mähen. Also Gras. (Hoffentlich nicht das "verbotene" Gras) Sie rufen auch während sie das Futter im Maul zerkauen "Mäh". Das ist kein Schmäh...

A schöne Leich....

Was würde es mir bringen wenn ich tot im Bett liege und eine besonders schön, toll und geil aussehende junge Frau in Strapsen, Lack oder Leder mit High Heels vor meiner Leiche, die sich langsam als Ganzes versteift, sehr erotische und intime Handlungen an sich ausführt?

Ähnliches denke ich über teure, sehr aufwendige Beerdigungen "mit allem". Also das ganze "Drum und Dran" wie teure Särge, Trauer-Chöre, Grab-Reden, Segnungen, Kränze, Blumen, den obligaten Leichenschmaus und natürlich eine festliche Totenmesse. Alles mit vielen Gästen, die nicht unbedingt um um den Verstorbenen trauern. Es wird immer einige Leute geben die sich darüber freuen dass es ein Oarschloch weniger auf der Welt gibt. Ich finde das alles so etwas von unnötig weil ein Toter ist eben tot und sieht nicht einmal mehr unnötig vergossene Krokodilstränen.

Solche Tränen lassen sich auch leicht mit in Taschentüchern versteckten Zwiebelringen künstlich erzeugen. Es funktionierte sogar, als ich als Jugendlicher vor dem Jugendgericht stand und statt wegen Raubes "nur" wegen "Diebstahl mit Gewaltanwendung" nicht gerade milde verurteilt wurde. Der Richter griff nicht ganz so tief ins Schmalzfass und ich musste "nur" ein Jahr mit Wanzen eine Zelle teilen.

Trotzdem nahm ich die brennenden Augen gerne in Kauf.

Doch bevor das Schicksal auch bei mir entschlossen den Hobel ansetzt, will noch halbwegs schön und "sündig" leben. Also mich wenigstens mal überfressen, frivoles schreiben oder einfach ansaufen.

Meine anderen "Traum-Sünden" verrate ich an dieser Stelle nicht. Die flüstere ich nur in zarte Öhrchen ohne hervorsprießende Härchen. Ahja, bevor ich es vergesse: Folgendes will ich wieder mal morbiden Bestattungs-Fans mitteilen:

"Ich scheiß auf eine schöne Leich, wenn ich mich eines Tages für immer schleich"...

Das Kap der Hoffnungslosigkeit

Liebe Kinder, die im Sternkreis des Corona-Virus aufwachsen: Es war einmal, vor noch nicht allzu langer Zeit...

...ein gewisser Karel Gott, der mit seiner "goldenen Stimme aus Prag" die fleißige und ganz liebe Biene Maja besang und rührige Produzenten, die das gezeichnete Tierchen, das vermutlich nicht einmal in Notwehr seinen Stachel benützen würde, erfolgreich vermarkteten. Es gab auch ihren faulen Freund Willy und den Grashüpfer Flip. Figuren, die in zahlreichen Zeichentrickfilmen Kinder und auch Erwachsene als Fan gewannen. Mitte der Siebziger war ich ein doch noch etwas infantiler Heranwachsender und liebte diese Serie.

Es gab auch, vor gar nicht allzu langer Zeit, nicht nur Supermärkte, sondern auch Greissler. In Piefkenesien nannte man sie "Tante Emma-Läden" (der Begriff zergeht auf der Zunge wie "leckere Klöße" oder "Schnitzel mit Tunke"). In Wien gab es einst- sogar ältere, an Demenz erkrankte Herrschaften werden sich vielleicht noch vage erinnern- fast in jedem kleinen Gasserl oder auf einem Platzerl nette kleine Beiseln oder Brandineser (Branntweinstuben). Da lief der Schmäh, es wurde geschmust, gebechert, Karten gespielt, diskutiert, gestritten und manchmal wurden, je nach Bedarf, Watschen und blaue Augen nicht nur ungerecht verteilt und sogar gesunde Zähne aus großen Mäulern ausgeschlagen.

Es wurden kleine Imbisse wie Schinken-Toast, nicht immer selbstgemachte Bohnensuppe, Würstel mit Senf- auch für besoffene "Wiarschteln"-, manchmal sogar mit nicht immer frisch geriebenem Kren, angeboten. Hauptsache, der "Wiener Schmäh" lief. Manchmal vermischte sich nicht immer dezente Musik aus dem Wurlitzer mit Gegröle, Gelächter, Gesang und Schimpftiraden auf Wiener Art.

85

Bei schönem Wetter ließ man sich in kleinen Schanigärten bewirten und bei kühleren Temperaturen verschlang man halt sein paniertes Schweinsschnitzerl mit manchmal hausgemachtem Erdäpfelsalat auf klobigen Tischen mit eingravierten Herzerln serviert. Auch, wenn die von Firmen gesponserten Aschenbecher vom gestressten Personal nicht immer entleert wurden. Besonders Kellnerinnen mussten ja zwischendurch auch Schmäh mit den Stammgästen führen.

Früher einmal, als man schon frühmorgens z.B. am Karmelitermarkt beim "bladen Gustl" (manche bezeichneten ihn hinter vorgehaltener Hand als "Ungustl") mit Nachtschwärmern aus der Unter- bis Oberschicht, abgerackerten gut und schlecht gelaunten Huren, mit Goldketten aufgetackelten Strizzis, Kiwara im und außer Dienst, Kellnern, ebenfalls a.D., Markt-Standlern und auch Sandlern das beste Gulasch samt Semmelknödel in der langsam wach werdenden Stadt genießen konnte. Nicht kann, sondern konnte.

Jeder Wiener Markt hatte früher seine vollen Frühcafés, wo man oft durchgehend oder ab 4h morgens ganz gut essen konnte. Bekannt waren der "Drechsler", das "Sopherl", die immer desolater werdende "Gräfin am Naschmarkt". Sie alle waren eine Institution und sind inzwischen nur mehr Geschichte. Wie auch die vielen hübschen Mädels, die sich in den ehemals zahlreichen Lokalitäten rund um den Markt einfach von der Nachtschicht erholen und abschließend ein gutes "Papperl" wollten.

Aber wer will heute noch früh morgens, leicht illuminiert, ein frisches Schnitzerl oder saftiges Gulasch essen und nebenbei mit anderen Gästen plaudern? Wien hat doch schon fast an jeder Ecke einen Kebap-Imbiss oder diverse "Fast Food"-Läden. Oft an stark frequentierten Stellen, wo es früher einmal "a Hasse" (Burenwurst) gab.

So manch herum schwankende Gestalten, die frühmorgens, vielleicht nach einer durchzechten Nacht, ihren knurrenden Magen endlich beruhigen wollen, landen heutzutage am "Kap der Hoffnungs-losigkeit"...

Ein Epilog

ein logisches Schlusswort

Dieses etwas kurze Buch ist besonders für Kurzurlauber, auch Kurzsichtige, förmlich auf die Augen geschrieben. Sogar für Leute, die den Kurz sehr hoch bis „naja, was soll man machen" ganz gering einschätzen. Aber ihn zu „schätzen" könnte nicht einmal ein versierter Schätzmeister in einer Pfandleihe (Dorotheum) zustande bringen.

Ich versuche in diesem Buch und auch mit diesen letzten Zeilen (könnten auch die allerletzten sein) keine politischen Sympathien oder Ressentiments zu schüren, aber scheinbar wächst beim Hirten von knapp 9 Millionen weißen und schwarzen Schäfchen nicht die Nase wie bei Pinocchio- das tun nur die Ohrwascheln. Natürlich auch, wie bei allen Menschen, die Haare, Zehen- und Fingernägel.

Vielleicht teilte der „Basti" sogar das Schicksal von Jesus? Wurde er, ich muss wieder ein „vielleicht" einsetzen, sogar in einem UFO gezeugt? Seit Jahrzehnten sieht man diese Flugobjekte doch fast schon täglich herumschwirren. Es gibt auch (falsche) Zeugenaussagen von „Entführten", an denen angeblich Experimente in einem UFO vorgenommen wurden.

Wurde ER von einem außerirdischen Ohrwaschelkaktus gezeugt, weil ein Alien-Sperma einer entführten, nichtsahnenden Frau eingespritzt wurde und Daddy keine universalen Krypto-Alimente zahlen wollte?

Erinnert mich an das beliebte, auf der Welt meistgelesene Märchen vom lieben Gott, der unter dem Pseudonym „heiliger Geist" mit einer wildfremden, nichts ahnenden Frau per sakralem Fick-Fuck ein Baby gezeugt hat.

Vielleicht wurde der außerirdische Samen einer auserwählten, ebenfalls nichts ahnenden, von Aliens entführten Frau eingesetzt und sie beglückte neun Monate später mit dem Erlöser San Sebastian das Volk der Austro- Vandalen? Feiern wir Österreicher vielleicht bald gemeinsam mit der ganzen Welt die „Geburt des heiligen Sebastians" und in weiter Zukunft „San Sebastians Höllenfahrt"?

Also eigentlich sollte ich nun das sich stets reinquatschende „Radio Blödsinn" stumm schalten und bevor ich weiterschreibe, noch folgendes erledigen:

Schnell meinen Alu-Hut entsorgen, damit er keine weiteren Verschwörungstheorien produziert. Genügt doch der nicht unbedingt sinnvolle Blöd-, Un- und Schwachsinn, den Sie, liebe Leser*innen, gerade gelesen haben und erst nach ein paar weiteren Sätzen ausgestanden haben.

Hoffentlich erzeugt das in meinem eigenen Gen-Labor produzierte, nun Ihnen „eingeimpfte" Buchstaben-Serum keine schädlichen Nebenwirkungen wie ausgeprägte Lachfalten. Ich versuchte einfach, meinem Buch „Mutti, der Mann mit dem Schmäh ist da" ein Geschwisterlein zu schenken. Schließlich war ich einmal der Mann, der mit dem Koks da war.

So nebenbei noch eine Erklärung über das in Polen aufgenommene Foto: Es ist eine Erinnerung an Bekannte, Freunde und Freundinnen, die durchs Saufen nicht nur ihre Existenzgrundlage verloren, sondern frühzeitig, wie meine verstorbene Frau Andrea, während des Entzugs oft aus Verzweiflung, in einem Grab landeten.

Ich vergesse auch nicht jene schweren Tschecherant*innen, die für lange Zeit nicht im Bermuda-Dreieck, sondern unter Brücken, im Knast oder in der Psychiatrie verschwanden...

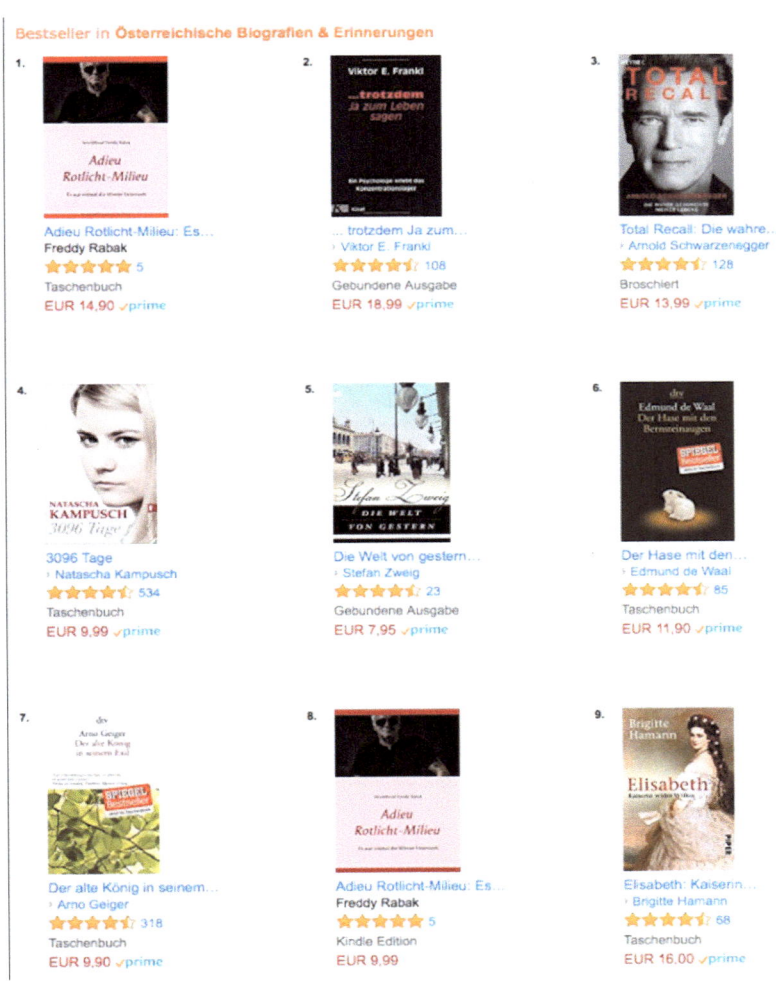

Bestseller in Österreichische Biografien & Erinnerungen

1. Adieu Rotlicht-Milieu: Es...
Freddy Rabak
★★★★★ 5
Taschenbuch
EUR 14,90 ✓prime

2. ... trotzdem Ja zum...
› Viktor E. Frankl
★★★★☆ 108
Gebundene Ausgabe
EUR 18,99 ✓prime

3. Total Recall: Die wahre...
› Arnold Schwarzenegger
★★★★☆ 128
Broschiert
EUR 13,99 ✓prime

4. 3096 Tage
› Natascha Kampusch
★★★★☆ 534
Taschenbuch
EUR 9,99 ✓prime

5. Die Welt von gestern...
› Stefan Zweig
★★★★☆ 23
Gebundene Ausgabe
EUR 7,95 ✓prime

6. Der Hase mit den...
› Edmund de Waal
★★★★☆ 85
Taschenbuch
EUR 11,90 ✓prime

7. Der alte König in seinem...
› Arno Geiger
★★★★☆ 318
Taschenbuch
EUR 9,90 ✓prime

8. Adieu Rotlicht-Milieu: Es...
Freddy Rabak
★★★★★ 5
Kindle Edition
EUR 9,99

9. Elisabeth: Kaiserin...
› Brigitte Hamann
★★★★☆ 68
Taschenbuch
EUR 16,00 ✓prime

Ich stellte "Radio Eriwan" und "Radio Blödsinn" folgende Frage:

"Ist man ein "Star-Self-Publisher", wenn man bei Amazon gleich zwei Plätze, darunter den Ersten, in den Charts einnimmt? Ich sah 2017 so manche Stars im Rückspiegel..." Smiley

Auch meine am Standesamt adoptierte "Tochter" Ruth hat trotz ihrer schweren Krankheit ihr zweites Buch veröffentlicht:

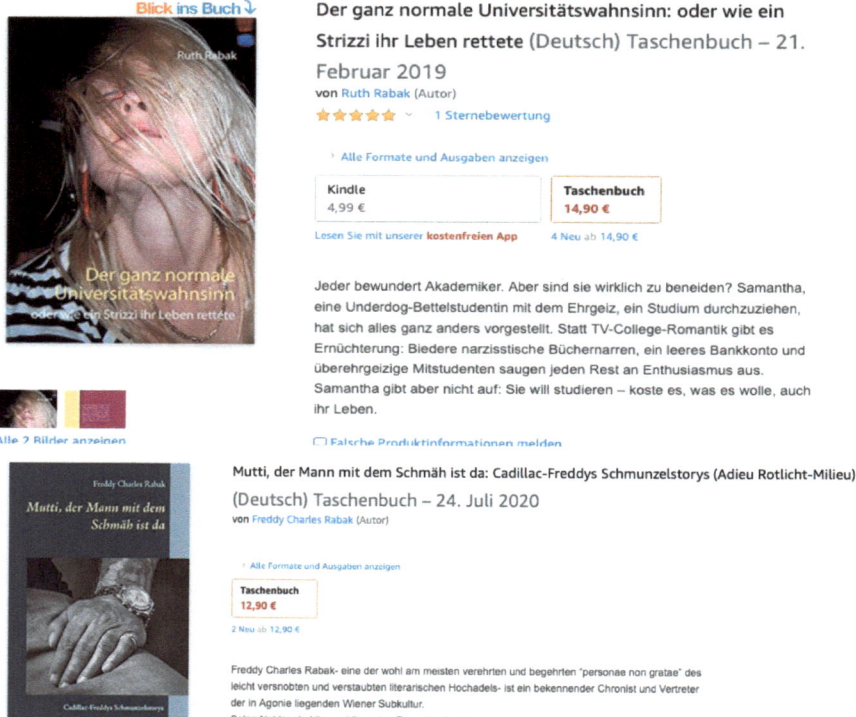

Der ganz normale Universitätswahnsinn: oder wie ein Strizzi ihr Leben rettete (Deutsch) Taschenbuch – 21. Februar 2019

von Ruth Rabak (Autor)

★★★★★ ˅   1 Sternebewertung

› Alle Formate und Ausgaben anzeigen

Kindle	Taschenbuch
4,99 €	14,90 €
Lesen Sie mit unserer **kostenfreien App**	4 Neu ab 14,90 €

Jeder bewundert Akademiker. Aber sind sie wirklich zu beneiden? Samantha, eine Underdog-Bettelstudentin mit dem Ehrgeiz, ein Studium durchzuziehen, hat sich alles ganz anders vorgestellt. Statt TV-College-Romantik gibt es Ernüchterung: Biedere narzisstische Büchernarren, ein leeres Bankkonto und überehrgeizige Mitstudenten saugen jeden Rest an Enthusiasmus aus. Samantha gibt aber nicht auf: Sie will studieren – koste es, was es wolle, auch ihr Leben.

☐ Falsche Produktinformationen melden

Mutti, der Mann mit dem Schmäh ist da: Cadillac-Freddys Schmunzelstorys (Adieu Rotlicht-Milieu)

(Deutsch) Taschenbuch – 24. Juli 2020

von Freddy Charles Rabak (Autor)

› Alle Formate und Ausgaben anzeigen

Taschenbuch
12,90 €
2 Neu ab 12,90 €

Freddy Charles Rabak- eine der wohl am meisten verehrten und begehrten "personae non gratae" des leicht versnobten und verstaubten literarischen Hochadels- ist ein bekennender Chronist und Vertreter der in Agonie liegenden Wiener Subkultur.

Seine Neider sind ihm neidig, seine Fans sind ihm treu.

Sein einzigartiger "Wiener Schmäh", seine Satiren, Humoresken, Philosophien, Gedankenspielereien aber auch mancher Zynimus könnten die Wirkung eines (natürlich THC-freien) Joints erzeugen.

VORSICHT! Freddy Ch. Rabaks fast süchtig und abhängig machender Schreibstil könnte mit seinen gar nicht so unangenehmen Nebenwirkungen wie ein "Tütchen" wirken! Er sorgt vielleicht für einen fast unstillbaren Heißhunger nach mehr Lese-"Stofff" und die Leser*Innen müssen auf plötzlich auftretende Lachanfälle samt Bauchschmerzen nicht achten, weil sie als vom Autor gewünschte Lese-Nebenwirkung auftreten .

Im Zweifel fragen Sie einen Dealer, Polizisten, Psychiater oder Soziologen ihres Vertrauens.

Für eine nachlässig eingenommene Kapitel-Überdosis übernimmt Rabak keine Haftung.

Der erste Versuch als "Schmäh-Dealer"

Freddy Ch. Rabak`s Tetralogie über die Unterwelt, wie sie einmal war. Eine "Quadrologie" voll Humor, Phantasie und leider auch Tragödien, die "Ex-Kollegen" ihren Ghostwritern oft verschweigen.

Die Qual der Wahl 😎 Vier Bände des „Cadillac-Freddy" bzw. „Rotlicht-Veteran" Freddy Charles Rabak

Band 2 „Strizzi-Anekdoten", Band 3 „Der alte Mann und das Rotlicht" und Band 4 „ Die vergessene Ehre der Ganoven"

2017: Bestseller bei Amazon

Man kann Freddy Ch.Rabak auch "mit alles" bestellen...

Zugaben: Vorsicht vor Schnee-Brunzern

Chemische Stoffe, Gülle, Scheiße, Blut, Urin, Schleim, Spucke, Erbrochenes, Eiter, Spermien, Fäkalien, Waschmittel, Unkraut-Vernichter, Damenbinden, abgelassenes Öl von Autos und vieles mehr sickert ins nicht mehr ganz so reine Trinkwasser.

Kränkelnde und depressive Menschen könnten durch ein wenig verseuchtes Grundwasser sogar gesunden und ihre inneren gute Laune- und Elan-Vorräte auffrischen. So manche Kanäle und sogar Wasser aus Flüssen und Bächen könnten behilflich sein.

Wer z.B. Antibiotika benötigt und zu Hause keine hat, sollte vielleicht mehrere Flaschen Wasser aus einem nahen Fluss oder Brunnen vorrätig haben. Auch Kanäle sind fast überall vorhanden. Wer etwas gegen das im Körper langsam wuchernde Unkraut unternehmen will, hier ein schlechter Rat: Flusswasser samt Glyphosat-Beigabe hilft sogar langes Leiden zu verkürzen und früher zu sterben. Bei Niedergeschlagenheit oder andauernder Müdigkeit kann besonders in Großstädten ein Becher Wasser aus diversen Flüssen helfen: Mit dem Pinkeln scheiden Konsumenten auch ihr reingezogenes Kokain aus und es gelangt mit dem Abwasser in Flüsse. Forschungen ergaben, dass viele Fischarten, Flusskrebse und auch Aale ein echtes Drogenproblem haben.

Forscher hatten Aale über 50 Tage lang in Wasser gehalten, das sie mit einer vergleichbaren Menge Kokain versetzt hatten, wie sie in Flüssen zu finden ist. Die Forscher wollten wissen, wie sich die Droge auf die Fische auswirkt. Demnach lagert sich das Koks im Fettgewebe der Fische ab, was wiederum den Hormonhaushalt der Tiere durcheinanderbringt. Die Haut und der Darm verdicken sich. Der Schleim auf der Haut nimmt ab, sodass diese anfälliger für Parasiten und Wunden wird. Außerdem werden die Aale verhaltens-auffällig und hyperaktiv. Und das ist immer noch nicht alles. Wie die Forscher in einer neuen Studie berichten, lagert sich das Koks auch im Gehirn, in den Kiemen und Muskeln ab. Letztere schwellen an oder bauen sich ab. Auch ein 10-tägiger „Entzug" brachte keine Besserung. (Quelle: WELT.de *"Aale haben ein echtes Drogenproblem"*)

Grund- und Flusswasser sind wirklich ein echtes "Wundermittel" und: Auch abgefüllte Wasserflaschen stammen nicht nur aus reinen, sprudelnden Gebirgs-Quellen in hoher Lage. Aber sogar dort kann es passieren, dass ein durstiger Freund von Almhütten und des weißen, südamerikanischen Muntermachers nach dem Trinken des klaren Wassers plötzlich dringend brunzen muss und gleich neben der oder in die Quelle pinkelt. Das sind sogenannte "Schnee-Brunzer"...

Abzocker lauern immer und überall

Jeder Händler, der im Internet etwas anbietet, will natürlich einen guten Umsatz erzielen. Dazu braucht er oder sie sehr gute Bewertungen. Ob Sandburg- Architekten oder Erzeuger von Dildos, wo schon das leise und sanft tönende Brummen des guten Stücks für einen einmaligen Orgasmus sorgt. Oder Seminarleiter, bei denen man das richtige Nasenbohren ohne zu bluten oder Klopapier sparendes, richtiges Auswischen des Arsches erlernen kann.

Auch diese Geschäftsleute bekommen sogar massenweise ihre 5 Sterne und eine kleine Rezension mit wahren Lobeshymnen über das Produkt. Aber wie es im Leben nun einmal ist: Gerade das kostet den unzufriedenen Echt-Kunden, der brav alle Bewertungen gelesen hat, Nerven und Geld.

Den zufriedenen "Schmäh-Kunden" bringt es etwas Geld und die bestellte Ware können sie bei "Nichtgefallen" gleich nach der Zusendung, ganz ohne Ärger und Kosten, sorglos im Mülleimer oder Klosett entsorgen.

Du willst total Unnötiges an den Mann oder die Frau bringen und suchst ein Marketing-Konzept? Hier einige Tipps:

Immer mehr Internet-KundInnen richten sich nach sehr guten Bewertungen von diversen Produkten. Aber auch "5 Sterne-Beurteilungen" für Ärzte, Rechtsanwälte, Hotels, sogar für ein Säckchen "Meeres-Sand", dessen "Vertrieb" die Redaktion von "Achtung ABZOCKE" mit fachkundiger Werbung und falschen, also gekauften Rezensionen testete, wären bzw. sind erfolgreich.

Die Redaktion von "Abzocke" (Fakten, Fakes und Kundentäuschung - Die Macht der Internetbewertungen) präsentierte in einer ihrer Sendungen eine Firma, die "TesterInnen" für gute und verlockende "Fake-Rezensionen" suchte.

Man findet diese Such-Anzeigen nach "Testern" noch heute in den sozialen Netzwerken. Dafür gibt es etwas Geld und sogar manche der "getesteten" Artikel gratis. So engagierte ein Rechtsanwalt-Suchender im Internet einen "Top-Anwalt" mit allerbesten Bewertungen. Er gewann mit ihm den Prozess gegen eine Versicherung und erhielt die erstrittenen 60.000 Euro zugesprochen. Dann folgte der Schock: Der von vielen Fake-Usern "empfohlene" Anwalt streifte die Hälfte von dem Betrag ein.

Das Resümee der G`schicht: Traue Super-Bewertungen im Internet nicht (immer).

Gegenderte Hähne u.a. wirres Zeug...

Viele Leute auf der Welt lieben frisch polierte Bier-Zapfhähne, die bis zum nächsten Lockdown endlich wieder Gläser in verschiedenen Größen füllen und mit neckischem Schaum verzieren dürfen. Mir sind Zapfhähne wirklich viel lieber als Kampfhähne, von denen es viel zu viele auf der Welt gibt. Muss man Zapfhähne und ähnliches in der neuen Unisex-Sprache auch gendern? Hier ein kleines Beispiel, das sich nicht in Wien-Floridsdorf abspielte, sondern in meiner Phantasie:

In der Julius Ficker-Straße betrat eine Gender-Aktivistin aus dem schönen Mösendorf in Oberösterreich ein kleines Gasthaus und bestellte beim Wirt an der Theke, ohne ein Lächeln und jegliche Koketterie, "Eine Radlerin bitte". Der Wirt strich sich über seinen Bauch, dachte nach und antwortete "Tut mir sehr leid, liebe Männin, aber das Zapfhenderl wurde gestern geschlachtet und heute gegrillt."

Für Frauen ist es auch nicht leicht, Mitglied in einem Verein zu werden, da sie ja Menschen ohne Glied sind.

Da fällt mir noch was ein: Auch Veganer/innen haben es nicht mehr einfach. Sie werden nicht überall gerne gesehen. Sogar in Blumenläden befürchtet man, dass solche Leute heimlich an den Blumen naschen, sogar von teuren Kränzen kosten und sich nach einem Rülpser mit der schwarzen Schleife den Mund abwischen...

Das wollte ich auch noch unbedingt sagen: Ich schau mir zwar keinen Damen-Fußball im TV an, aber wenn ich nur daran denke, sehe ich plötzlich männliche Synchronschwimmer im Badeanzug, die unter Wasser Pirouetten drehen, vor meinem geistigen Auge. Nun denke ich auch nach, ob ich in Zukunft nicht nur

Strichmännchen, sondern auch Strichfrauen zeichnen soll? Werde mir mal in einem Puff die nötige Inspiration suchen.

Mini-Finale: Das wollte ich noch loswerden...

Lassen tiefe Falten, prägnante Pigment- also Altersflecken am Körper, schüttere graue Haare, eine lange Nase mit Warzen, immer länger werdende Hoden, ein schrumpfender Pimmel und wachsende Segelohren, mit denen man bei einem Sturm nicht das Haus verlassen sollte, auf die Klugheit eines alten Mannesä schließen?

Warum ich hier nur "alte" Männer und keine alten Frauen durch meine Brille von Fielmann betrachte? Ich kenne nur viel jüngere Frauen und kenne mich bei "reiferen" Damen kaum aus und hoffe es bleibt so. Ich stellte mir die Frage ob es diese aus sehr wenig guten und vielen schlechten Erfahrungen bestehende Klug- und Weisheit in meinem Gehirn gibt? Weiß ich heute, mit 74, mehr als vor fünfzig Jahren? Ich beantworte die an mich selbst gestellte Frage nach langen Überlegungen mit einem zögerlichen Ja. Aber leider zu spät, denn der Zug meines Lebens nähert sich immer unerbittlicher der endgültigen Endstation.

Heute weiß ich, dass ich ein Versager und auch "Oarschloch" war und bekenne mich des Betruges an lieben Menschen, die ich schamlos ausnützte, schuldig. Egoistische Zuhälter, Hochstapler, Politiker, Spieler und nicht nur Drogensüchtige lügen fast immer. Meine Spielsucht zerstörte nicht nur mein Leben, sondern auch das von Frauen, die mir vertrauten. Ich wiederum vertraute all die Jahre immer wieder sympathisch und ehrlich aussehenden Freunden, die nicht nur mir mit ihren Lügen, Falschheiten und dem ausgeprägten Hyänen-Egoismus von Alpha- Rüden imponierten, sondern auch vielen Menschen und besonders Naivlingen durch Lug und Trug das Leben versauten...

Ich war einfach eine Fehlbesetzung in der doch tragischen, unheroischen Kriminalkomödie meines Lebens.

Nun beende ich nach 100 Seiten mein voraussichtlich letztes Buch und hoffe keine 100 Jahre alt zu werden. Auch keine 90. Dann könnte mir nur noch die vielleicht bevorstehende, aber noch nicht gebuchte Reise nach Alzheim helfen, die vielen, in meinem Leben verbrauchten Klopapierrollen zu vergessen. Leider auch die geilsten Stunden, von denen es mehr als nur einige gab.

An dieser Stelle ein vielleicht (vor-) letztes Danke an all meine Leser/innen und ein "gehts in Oarsch" an jene, die mir den gleichen Weg wünschen.

https://strichfilosof.wordpress.com

auch auf facebook bestens integriert.

https://ruthwitt.wordpress.com